BOCA
DE OURO

NELSON RODRIGUES

BOCA DE OURO

Tragédia carioca em três atos
1959

4ª edição
Posfácio: Elen de Medeiros

EDITORA
NOVA
FRONTEIRA

© 1959 by Espólio de Nelson Falcão Rodrigues

Direitos de edição da obra em língua portuguesa no Brasil adquiridos pela EDITORA NOVA FRONTEIRA PARTICIPAÇÕES S.A. Todos os direitos reservados. Nenhuma parte desta obra pode ser apropriada e estocada em sistema de banco de dados ou processo similar, em qualquer forma ou meio, seja eletrônico, de fotocópia, gravação etc., sem a permissão do detentor do copirraite.

EDITORA NOVA FRONTEIRA PARTICIPAÇÕES S.A.
Rua Candelária, 60 — 7º andar — Centro — 20091-020
Rio de Janeiro — RJ — Brasil
Tel.: (21) 3882-8200

CIP-BRASIL. CATALOGAÇÃO NA PUBLICAÇÃO.
SINDICATO NACIONAL DOS EDITORES DE LIVROS, RJ.

R614b
    Rodrigues, Nelson, 1912-1980
    Boca de Ouro : tragédia carioca em três atos / Nelson Rodrigues. [posfácio Elen de Medeiros] - 4. ed. - Rio de Janeiro : Nova Fronteira, 2020.
    160 p. ; 21 cm.

    ISBN 9786556400587

    1. Teatro brasileiro. I. Título.

20-63867	CDD: 869.2
	CDU: 82-2(81)

Meri Gleice Rodrigues de Souza - Bibliotecária CRB-7/6439

SUMÁRIO

Programa de estreia da peça 7
Personagens 9
Primeiro ato 11
Segundo ato 55
Terceiro ato 97

Posfácio 143
Sobre o autor 151
Créditos das imagens 157

Programa de estreia de BOCA DE OURO, apresentada no Teatro Nacional de Comédia, Rio de Janeiro, em 20 de janeiro de 1961.*

TEATRO NACIONAL DE COMÉDIA
apresenta

BOCA DE OURO

Peça em três atos e 15 quadros, original de Nelson Rodrigues

Personagens por ordem de entrada em cena:

BOCA DE OURO	Milton Morais
DENTISTA	Rodolfo Arena
SECRETÁRIO	Ferreira Maya
CAVEIRINHA	Magalhães Graça
REPÓRTER	Joel Barcelos
FOTÓGRAFO	Joseph Guerreiro
DONA GUIGUI	Vanda Lacerda
AGENOR	Oswaldo Louzada
LELECO	Ivan Cândido

---

* A estreia nacional de *Boca de Ouro* deu-se, na verdade, em 13 de outubro de 1960, em São Paulo, no Teatro da Federação (depois Cacilda Becker), com direção de Ziembinski e ele mesmo no papel principal.

CELESTE	Beatriz Veiga
PRETO	José Damasceno
PRIMEIRA GRÃ-FINA	Elisabeth Gallotti
SEGUNDA GRÃ-FINA	Lícia Magna
TERCEIRA GRÃ-FINA	Shulamith Yaari
MARIA LUÍSA	Tereza Rachel
LOCUTOR	Hugo Carvana

em cena figurantes de ambos os sexos

Direção de José Renato
Cenários e figurinos de Anísio Medeiros

PERSONAGENS

Boca de Ouro
dentista
secretário
caveirinha
repórter
fotógrafo
d. Guigui
Agenor
Leleco
Celeste
preto
1ª grã-fina
2ª grã-fina
3ª grã-fina
Maria Luísa
locutor
morador

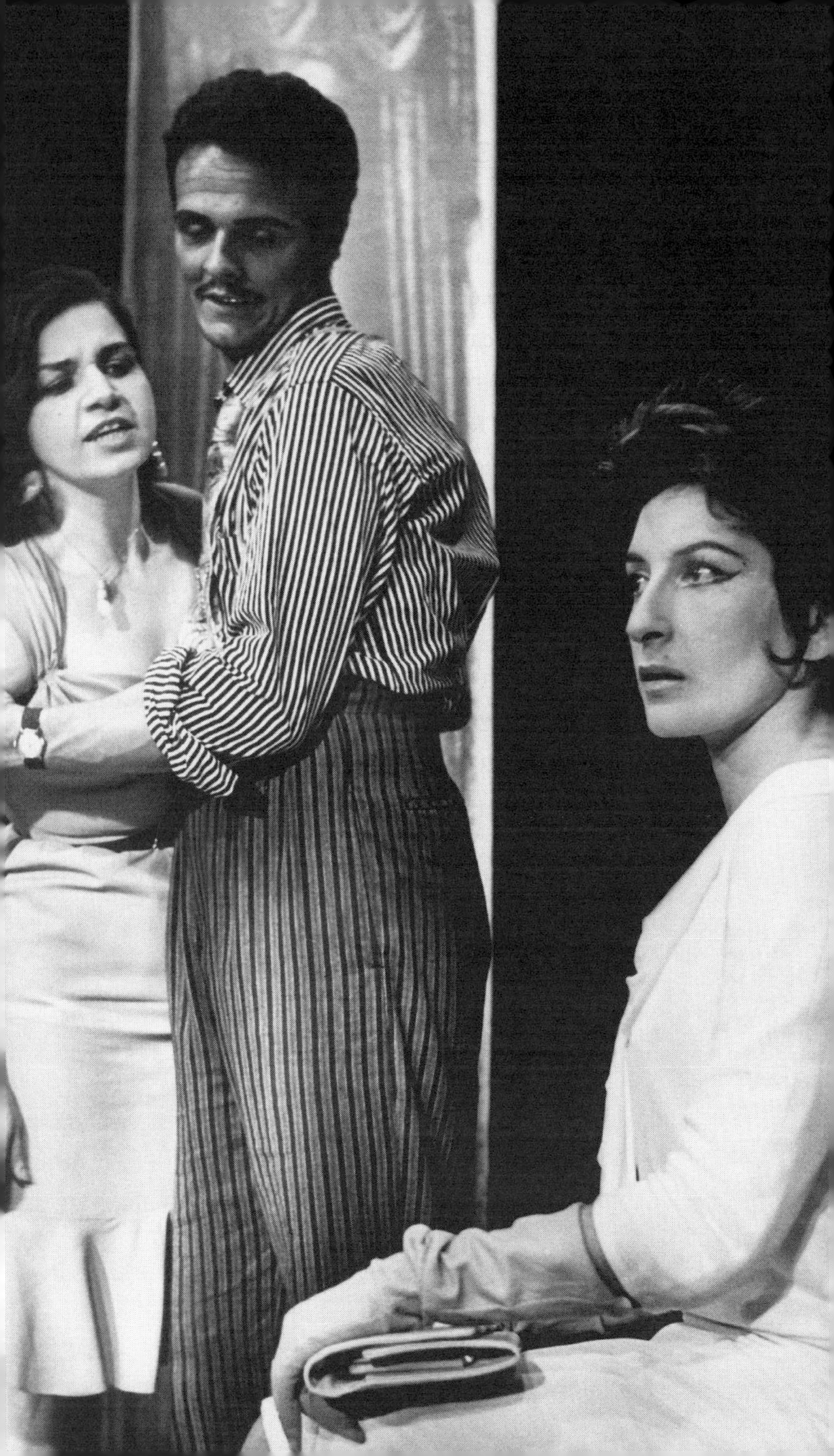

PRIMEIRO ATO

("Boca de Ouro", banqueiro de bicho, em Madureira, é relativamente moço e transmite uma sensação de plenitude vital. Homem astuto, sensual e cruel. Mas como é uma figura que vai, aos poucos, entrando para a mitologia suburbana, pode ser encarnado por dois ou três intérpretes, como se tivesse muitas caras e muitas almas. Por outras palavras: diferentes tipos para diferentes comportamentos do mesmo personagem. Ao iniciar-se a peça, "Boca de Ouro" ainda não tem o seu nome legendário. Agora é que, com audácia e imaginação, começa a exterminar os seus adversários. Está sentado na cadeira do dentista.)

BOCA DE OURO — Pronto?

DENTISTA — Pode sair.

BOCA DE OURO — Que tal, doutor?

DENTISTA — Meu amigo, está de parabéns!

BOCA DE OURO	*(abrindo o seu riso largo de cafajeste)* — Acha?
DENTISTA	— Rapaz, te digo com sinceridade: nunca vi, em toda a minha vida — trabalho nisso há vinte anos — e nunca vi, palavra de honra, uma boca tão perfeita!
BOCA DE OURO	— Batata?
DENTISTA	— Dentes de artista de cinema! E não falta um! Quer dizer, uma perfeição!

(Sente-se em "Boca de Ouro" uma satisfação de criança grande.)

BOCA DE OURO	— Sabe que quando eu vejo falar em dor de dentes, fico besta? Nunca tive esse troço!
DENTISTA	— Lógico.
BOCA DE OURO	— Pois é, doutor. Agora vou me sentar, outra vez, porque eu queria um servicinho seu, caprichado, doutor!
DENTISTA	— Na boca?
BOCA DE OURO	— Na boca.
DENTISTA	— Meu amigo, é um crime mexer na sua boca!
BOCA DE OURO	— Mas o senhor vai mexer, vai tirar tudo. Tudo, doutor!

DENTISTA	*(no seu assombro)* — Tirar os dentes?
BOCA DE OURO	— Meus dentes. Os 32 — são 32? —, pois é: os 32 dentes!
DENTISTA	— E o senhor quer que eu tire?
BOCA DE OURO	— Eu pago, doutor! Meu chapa, eu pago!
DENTISTA	— Nunca!
BOCA DE OURO	*(sempre rindo)* — O senhor vai tirar, sim, vai tirar, doutor! Vai arrancar tudo!
DENTISTA	— Mas por quê? a troco de quê?
BOCA DE OURO	— Eu pago!

(O dentista faz com a mão um gesto de despedida, e, em seguida, mostra a porta.)

DENTISTA	— Meu amigo, passar bem.
BOCA DE OURO	— O senhor vai arrancar todos os dentes, porque eu quero uma dentadura de ouro!
DENTISTA	— Ouro?
BOCA DE OURO	— Ouro.
DENTISTA	— Não se usa dentadura de ouro. Meu amigo, que é que há?
BOCA DE OURO	— Mas eu quero, e daí?
DENTISTA	— Meu amigo, olha: é contra meus princípios fazer, conscientemente, um

	serviço malfeito. Não há hipótese! E eu sou catedrático de odontologia!
BOCA DE OURO	— O senhor está com medo de tomar um beiço?
DENTISTA	*(impaciente)* — Eu tenho clientes na sala...
BOCA DE OURO	— Mas eu pago! Doutor, eu já lhe disse que pago! O senhor quer dinheiro? *(bate nos bolsos, numa euforia selvagem)* Dinheiro há! Dinheiro há! Toma!

("Boca de Ouro" apanha cédulas e enfia-as nos bolsos do estupefato dentista.)

DENTISTA	— O senhor está me desacatando?
BOCA DE OURO	— Que conversa é essa, doutor? Dinheiro não desacata ninguém! *(ri, sórdido)* Fala pra mim: eu desacatei o senhor?

(Atônito, o dentista olha para o chão e apanha uma cédula que tinha caído. Os dois se olham. E, súbito, o dentista começa a rir, acompanhando o riso de "Boca de Ouro". Gargalhada dupla, em perfeito sincronismo.)

BOCA DE OURO	*(exultante e feroz)* — Quero uma boca todinha de ouro!
DENTISTA	*(no seu riso ofegante)* — Em cima e embaixo?

BOCA DE OURO   *(feroz)* — Tudo!

DENTISTA   — Mas olha: não diz que fui eu, porque os meus colegas vão achar um serviço porco! Muito feio!

BOCA DE OURO   *(assombrado)* — Feio?

DENTISTA   — De mau gosto.

BOCA DE OURO   *(feroz)* — Quem acha ouro feio é burro!

DENTISTA   *(apavorado)* — Senta!

BOCA DE OURO   — É uma besta! Doutor, o senhor não entende! Ninguém entende! Mas desde garotinho — eu era moleque de pé no chão —, desde garotinho que quero ter uma boca de ouro...

DENTISTA   — Abre a boca!

BOCA DE OURO   *(num repelão de bárbaro)* — Doutor, tira esse guardanapo de cima de mim! Isso é pra criança, doutor... *(muda de tom)* Ontem, foi ontem, eu tive um *big* sonho. Um sonho que me deixou besta...

DENTISTA   — Meu amigo, tenho clientes na sala!

BOCA DE OURO   — Mas doutor, eu pago, já disse que pago! Não faz assim comigo! *(muda de tom e na sua euforia de criança)* Sonhei que morria e que me enterravam num caixão de ouro. Doutor, quanto custa um caixão de ouro?

DENTISTA   — Todo de ouro?

BOCA DE OURO	— Todo!
DENTISTA	— Uns vinte milhões de cruzeiros!
BOCA DE OURO	— Vinte milhões de cruzeiros! Dinheiro pra chuchu! Doutor, sabe por que é que gosto de leão? Porque leão parece de ouro... *(recosta-se na cadeira)* Doutor, vou juntar os vinte milhões e, quando eu fechar o paletó, vou meter um caixão de ouro...

("Boca de Ouro" ri, na sua irreprimível alegria vital. Trevas sobre a cena. Luz sobre a redação de O Sol. *Secretário ao telefone.)*

SECRETÁRIO	*(no telefone)* — É redação do *Sol*! Fala. O quê? *(dá um pulo na cadeira)* Mataram? Batata? Sei, está certo. Até logo.

(Secretário bate com o telefone e atira o grito triunfal.)

SECRETÁRIO	— Mataram o "Boca de Ouro"!
REPÓRTER	— O bicheiro?
SECRETÁRIO	— Agorinha, neste instante!
REPÓRTER	— Ou é boato?
SECRETÁRIO	— O Duarte telefonou! Está lá o Duarte! Encontrado morto, na sarjeta, com a cara enfiada no ralo!

REPÓRTER — *(na sua excitação profunda)* — Até que enfim encestaram o "Boca de Ouro"!

SECRETÁRIO — Encestaram! *(aflito)* Corre, voa! toma um táxi!

(Secretário está empurrando o repórter.)

REPÓRTER — Estou duro!

SECRETÁRIO — Vem cá. Espera. Primeiro tenho que saber a posição do jornal.

REPÓRTER — Mas ontem elogiamos o "Boca"!

(Secretário apanha o telefone.)

SECRETÁRIO — Sei lá! Sou macaco velho! Deixa eu falar com a besta do diretor! A esta hora está na casa da amante!

(Do outro lado da linha, atende o diretor. Servilismo total do secretário.)

SECRETÁRIO — Dr. Pontual, sou eu, dr. Pontual! Boa noite. Dr. Pontual, o senhor já sabe? *(reverente)* Ah, pois não, o rádio está dando. Foi o "Esso", edição extraordinária? Dr. Pontual, *O Sol* é contra ou a favor do "Boca de Ouro"? Não ouvi! Sim, sim, contra, perfeitamente. Contraventor, claro, entendo. Cancro social. Boa noite, dr. Pontual.

(Secretário desliga.)

REPÓRTER	— Que diz o cretino?
SECRETÁRIO	— Não te falei? Batata! Mandou espinafrar. Escuta, Caveirinha, bolei uma ideia genial. O Duarte está cobrindo lá, em Madureira.
CAVEIRINHA	— E eu?
SECRETÁRIO	— Você vai ouvir a Guigui.
CAVEIRINHA	*(num espanto profundo)* — Guigui?
SECRETÁRIO	— Rapaz, escuta! A Guigui é a Guiomar. Mas todo mundo só chama a Guiomar de Guigui. Da Guiomar você já ouviu falar?
CAVEIRINHA	— Qual delas?
SECRETÁRIO	*(perdendo a cabeça)* — Oh, Caveirinha! Guigui, ex-amante do "Boca de Ouro". Foi chutada e agora vive amasiada com um cara. Amasiada, não. Casada. É casada. Vai lá...
CAVEIRINHA	— Lá onde?

(O secretário começa a catar o endereço.)

SECRETÁRIO — Te dou o endereço. Onde é que está o caderninho? Será que eu deixei em casa? Ah, está aqui, que susto! Toma nota, escreve, rapaz.

(Caveirinha finge que toma nota.)

SECRETÁRIO — Lins de Vasconcelos, rua tal, número tal. Escuta: você chega e aplica o seguinte golpe psicológico — não diz que o "Boca de Ouro" morreu. Ela não deve saber, você vai salivando a Guigui. O "Boca de Ouro" matou gente pra burro e quem sabe se ela não conta a você, com exclusividade, uma dessas mortes, um crime bacana? Hem, quem sabe?

CAVEIRINHA — Talvez.

SECRETÁRIO *(aflito)* — Agora vai! E caprichа que a entrevista da Guigui é furo, rapaz! Vou abrir na primeira página! De alto a baixo e ainda sapeco uma manchete caprichada!

CAVEIRINHA — Manda o dinheiro do táxi!

(O secretário enfia-lhe uma cédula na mão.)

SECRETÁRIO — Leva o fotógrafo! *(berrando)* Escuta! O "Boca de Ouro" andou aí com uma granfa, uma cara da alta, que tinha cavalos de corrida. Apura o troço! Agora, vai! Chispa, rapaz!

(Trevas. Luz numa rua de Lins de Vasconcelos. "Caveirinha" e fotógrafo procuram a casa de Guigui.)

CAVEIRINHA	— É aqui?
FOTÓGRAFO	— Parece.
CAVEIRINHA	— Já sabe: boca de siri sobre o crime, não diz que o "Boca de Ouro" morreu.

(Caveirinha bate. Aparece o morador, que veste calça de pijama, camisa rubro-negra sem mangas. Está de chinelos.)

CAVEIRINHA	— Boa noite, meu chapa!
MORADOR	— Quem é?
CAVEIRINHA	— Meu amigo, nós somos da imprensa.
MORADOR	*(com um pé atrás)* — Quer falar com quem?
CAVEIRINHA	— D. Guiomar está, no momento? Pode me dizer?
MORADOR	— A Guigui está.
CAVEIRINHA	— Pois é: d. Guigui.

(O morador dá alguns passos, estaca e volta-se.)

MORADOR — Não podia dizer o assunto?

CAVEIRINHA — Está ou não está?

(Morador entra.)

FOTÓGRAFO — Sujeito burro!

(D. Guigui aparece. Mulher relativamente moça, que conserva vestígios de uma beleza perdida.)

GUIGUI — Comigo?

CAVEIRINHA — Ah, boa noite, d. Guigui!

D. GUIGUI *(no seu bom humor plebeu)* — Ué! Pra que esse bafafá todo na minha porta?

CAVEIRINHA — D. Guigui, nós queríamos bater um papinho com a senhora.

D. GUIGUI — Quem sou eu, primo?

(Com o seu riso áspero e suburbano, d. Guigui cutuca o marido.)

D. GUIGUI — Viste o meu cartaz?

(O morador cai em pânico.)

MORADOR — Não diz nada! Não fala!

D. GUIGUI *(para o marido)* — Sossega o periquito!

(O fotógrafo faz explodir o primeiro flash na cara de d. Guigui.)

D. GUIGUI *(sinceramente lisonjeada)* — Até fotografia!

MORADOR — Cuidado!

D. GUIGUI *(para o marido, ralhando)* — Não te mete! *(novamente melíflua para o "Caveirinha")* Quando é que vai sair?

CAVEIRINHA — Amanhã, no *Sol*.

D. GUIGUI *(para o marido)* — Não deixe de comprar o *Sol*.

CAVEIRINHA *(de supetão)* — D. Guigui, a senhora tem visto o "Boca de Ouro"?

(O simples nome causa um impacto no casal.)

MORADOR *(apavorado)* — Não te disse? Eu te avisei, mas você é teimosa! Cala a boca, mulher!

(D. Guigui, realmente chocada, perde um pouco o tom debochado.)

D. GUIGUI — Meu filho, eu não vejo essa pessoa há séculos! *(atarantada, com um riso falso)* E até me esqueci de apresentar meu marido... Agenor...

(Agenor não toma conhecimento da apresentação.)

AGENOR — Não dá palpite e vê lá se queres que eu leve um tiro.

CAVEIRINHA — Quer dizer que o "Boca de Ouro"...

D. GUIGUI *(interrompendo)* — Meu bem, não fala nesse homem que até dá peso! Um pé-frio que Deus te livre! Ih, deixa eu bater na madeira!

(D. Guigui bate na madeira as três pancadinhas.)

D. GUIGUI *(exagerando)* — Isola!

CAVEIRINHA *(disparando as palavras com a frívola e cruel irresponsabilidade jornalística)* — D. Guigui, mas a senhora conhecia o "Boca de Ouro" — não conheceu, d. Guigui?

D. GUIGUI *(que, apesar de tudo, é tentada pelo assunto)* — Rapaz! Claro que eu tenho que conhecer! Vivi com esse cachorro —

é um cachorro! —, mas escuta, filho: eu não quero falar, não interessa. Sei troços do arco-da-velha, mas não convém, e pra quê? Olha, vocês vão me dar licença, que eu vou botar as crianças pra dormir e boa noite!

(D. Guigui quer entrar. Mais rápido, "Caveirinha" passa à frente e barra-lhe a passagem.)

CAVEIRINHA	— D. Guigui, um minuto!
D. GUIGUI	*(com o seu humor suburbano)* — Você é meu amigo ou amigo da onça?
CAVEIRINHA	— D. Guigui, nós só queremos uma palavrinha sua sobre o "Boca de Ouro"!
D. GUIGUI	— Menino, não me provoca! Olha que eu, bom!... E vocês publicam tudo o que eu disser?
AGENOR	— Quer ver minha desgraça, mulher?
D. GUIGUI	— Publicam?
CAVEIRINHA	— Sob minha palavra de honra!
D. GUIGUI	— Duvido! Ele dá dinheiro a jornalista, a políticos! Não é?
CAVEIRINHA	— Mas oh, d. Guigui! O que é que há?
D. GUIGUI	*(numa brusca alegria)* — Posso espinafrar?
CAVEIRINHA	— Mas lógico! Natural!

AGENOR (*furioso*) — Mulher, estou fora da jogada! Você que se dane, vou ver as crianças!

D. GUIGUI (*para o marido*) — Vai e avisa se aborrecerem, eu vou lá de chinelo!

(Agenor entra.)

D. GUIGUI — Meu marido tem medo e é natural! Sabe que o "Boca de Ouro" pra mandar um pra o Caju não custa. Já mandou vários e...

CAVEIRINHA (*sôfrego*) — D. Guigui, uma pergunta: a senhora sabe de algum crime do "Boca de Ouro"?

D. GUIGUI (*eufórica*) — Sei de uns vinte! Aquilo não é flor que se cheire!

CAVEIRINHA — Eu queria que a senhora me contasse um *big* crime, um assassinato bacana.

D. GUIGUI (*fazendo um esforço de memória e de seleção*) — Bacana?... E te digo mais: todo o crime misterioso, que não se descobre o assassino, é batata! — Foi o "Boca de Ouro"... (*iluminada*) Ah, me lembrei dum!

CAVEIRINHA — Qual?

D. GUIGUI — Olha: tinha em Madureira uma menina, bonitinha e boa menina, a Celeste! Boa menina!

(Caveirinha está tomando nota.)

CAVEIRINHA — Celeste...

D. GUIGUI — Celeste. Diziam, até, que era meio biruta, porque, imagine: vivia sonhando com uma artista de cinema, uma que se casou, como é o nome?... *O Cruzeiro* deu! Adiante: rapaz, o que "Boca de Ouro" fez com o Leleco!

CAVEIRINHA — Que Leleco?

D. GUIGUI — O Leleco da Celeste. *(enfática)* O que o "Boca de Ouro" fez, só cadeira elétrica! Pra certos casos, eu sou favorável à pena de morte, ah, sou! Leleco era um garotão e...

(Luz cai em resistência e, depois, sobe também em resistência. Cena de um lar suburbano. Breve episódio de vida conjugal entre Celeste e Leleco. O rapaz está dormindo, nu da cintura para cima.)

CELESTE *(chamando)* — Leleco!

LELECO *(rosnando)* — Que é?

(Leleco engrola as palavras, virando-se na cama.)

CELESTE — Acorde, filhote!

(Celeste sacode o marido.)

CELESTE — Seu preguiçoso!
LELECO — Que horas são?
CELESTE — Tarde!

(Leleco vira-se para o outro lado.)

LELECO — Estou com sono!
CELESTE — Vem tomar café!
LELECO — Me chama ao meio-dia!
CELESTE *(escandalizada)* — E teu emprego, filhote?

(Leleco senta-se na cama. Coça o peito e boceja com escândalo.)

LELECO — Que emprego?
CELESTE — O teu!
LELECO — Fui despedido!

(Celeste recua, atônita.)

CELESTE — Quem?
LELECO — Eu.
CELESTE — Isola!
LELECO *(num bocejo medonho)* — Despedido!

CELESTE (*bate com o pé, numa zanga de menininha mimada*) — Não brinca assim!

LELECO — Te juro!

CELESTE (*já com vontade de chorar*) — Despedido?

LELECO (*com nascente desejo*) — Vem cá, vem!

CELESTE — Mas despedido, por quê?

LELECO (*com novo bocejo*) — Dá uma bijuquinha.

CELESTE (*com violência*) — Responde! por que te chutaram?

LELECO — Foi aquele cara...

CELESTE — Você brigou, Leleco?

LELECO (*falando e bocejando, ao mesmo tempo*) — Sono danado! (muda de tom) Celeste, escuta, não enche! Se é assim, então eu paro e não falo, ora, que mania!

CELESTE (*contendo-se*) — Fala.

LELECO (*coçando o peito*) — Aquela besta não ia com a minha cara, nem eu com a dele!

CELESTE — Mas outro dia ele não te pagou o lotação?

LELECO — Ora, lotação! O negócio é antigo. Ele já vinha de marcação comigo. Vira e mexe, me espinafrava, e na frente de todo o mundo. Ora, eu não sou criança. Até que ontem, ele começou a dizer que o Fluminense não é time, que o Fluminense só ganha no apito e vira-se

	para mim — vê só! vai vendo! —, vira-se para mim, diz que quem torce pelo Fluminense não é homem. Indireta, claro! Então, eu me queimei e sabe como é — começou aquela discussão...
CELESTE	— Você é muito exaltado!
LELECO	— ...e ele me chama de moleque. Ah, quando ele me chamou de moleque eu não conversei. Voei pra cima do bicho e dei-lhe um bofetão assim...

(Leleco faz o gesto de quem bate com as costas da mão.)

LELECO	— Assim, olha: na boca!
CELESTE	— Você não se emenda, meu Deus!
LELECO	*(na euforia da reconstituição)* — Ele virou por cima das cadeiras, de pernas abertas. Tem lá uma datilógrafa que caiu com ataque. *(vaidoso de escândalo)* Foi uma bomba!
CELESTE	*(com lágrimas nos olhos)* — Mas filhote!

(Leleco deitou-se, novamente.)

LELECO	*(com voluptuosidade)* — Chega aqui.
CELESTE	— Não, senhor, e já começa você!
LELECO	— Vem fazer carinhos!

CELESTE — Fica quieto!

(Celeste está sentada numa extremidade da cama.)

LELECO — Senta pra cá!

CELESTE *(sacudindo o dedo)* — E você vai me dar o dinheiro todinho da indenização! Todinho!

(Leleco, que estava deitado, senta-se na cama.)

LELECO — Que indenização?

CELESTE *(zangada)* — Fala sério! Eu não gosto de brincadeira comigo. *(muda de tom)* A indenização que você recebeu, gracinha!

LELECO — Não recebi um tostão!

CELESTE *(atônita)* — O quê? Não recebeu? *(histérica)* Então você tem outra e deu o dinheiro à outra!

LELECO — Escuta, Celeste, raciocina! Ou você se esquece que eu agredi o patrão e perdi os direitos... Agora o caso vai pra Justiça do Trabalho e lá demora pra chuchu. Mas claro, ora, que graça!

CELESTE *(desesperada)* — Amanhã tem feira! É dia de feira!

LELECO — Dá-se um jeito!

CELESTE — E outra coisa, que eu me lembrei — bonito se mamãe morre!

LELECO — Não faz carnaval, Celeste!

CELESTE *(violenta)* — Carnaval porque a mãe não é sua!

LELECO *(num berro)* — Você acha que sua mãe vai morrer só porque eu fui despedido?

CELESTE *(na sua ironia afetada)* — Mas deixa. Não faz mal. Meu filho, miséria pouca é bobagem. De formas que tanto faz. Ainda bem que eu não apanhei barriga. Porque não se ia ter dinheiro, nem pra tirar nem pra ter o filho.

LELECO — Quero ser mico de circo se...

CELESTE *(num crescendo de exaltação)* — Minha vida está toda errada. (sacudindo as mãos) Eu posso dizer, de boca cheia: sou uma fracassada! Eu nasci pra ter dinheiro às pampas e quedê? Não tolero andar de lotação e... Mamãe vai morrer e vamos ter que arranjar uma subscrição de vizinhos pra o enterro...

(Trevas. Luz sobre a casa de "Boca de Ouro". Toda a evocação que d. Guigui faz, para o "Caveirinha", tem um sentido único e taxativo: degradar "Boca de Ouro", física e moralmente. O banqueiro de bicho aparece de uma maneira

monstruosa. Em cena, "Boca de Ouro" e Guigui. Ele fala ao telefone e procura adotar um falsíssimo jeito patriarcal.)

BOCA DE OURO — Hoje não é Dia de S. Jorge? Mas está na cara! Dia de S. Jorge todo mundo joga no cavalo! (*riso falso*) Pois é (*numa ampla gargalhada*): até eu sonhei com um cavalo, um cavalo bonito, de ouro nos cascos e fogo nas crinas! Legal! Mas olha: não deixa de telefonar. Telefona mesmo. Té logo!

("Boca de Ouro" desliga. Com o polegar, indica o telefone e deixa escapar um grunhido de ferocidade jocunda.)

BOCA DE OURO — O Joãozinho! Está pensando que me tapeia! Que me passa pra trás! (*com uma satisfação cruel*) Meto-lhe num pijama de madeira!

GUIGUI — Mando entrar?

BOCA DE OURO — Quem?

GUIGUI — O cara!

BOCA DE OURO — Que cara?

GUIGUI — O Leleco!

("Boca de Ouro" toma um susto.)

BOCA DE OURO — O marido da Celeste?

GUIGUI	— Está aí!
BOCA DE OURO	*(furioso)* — Sua burra! Por que é que não avisou antes?
GUIGUI	*(violenta também)* — Não grita!
BOCA DE OURO	— Manda entrar!

(Guigui aproxima o seu rosto do "Boca de Ouro".)

GUIGUI	— Escuta. Você está dando em cima da Celeste?
BOCA DE OURO	*(ameaçador)* — Guigui, trata da tua vida, Guigui!
GUIGUI	— A Celeste é dureza! E gosta do marido pra chuchu!
BOCA DE OURO	— Tu também não tinha marido? Mas eu te salivei e tu veio com casca e tudo! Largou marido, três filhos! E veio!

("Boca de Ouro" rebenta num riso súbito e moleque.)

GUIGUI	*(furiosa)* — Pois com a Celeste você não vai arranjar tostão e duvido!

(O ódio nasce fácil no coração de "Boca de Ouro". Levanta-se.)

BOCA DE OURO	— Quer levar um tapa?

(Guigui pula para trás.)

GUIGUI	— Vem, se é homem! Vem que eu te enfio o furador de gelo na barriga!
BOCA DE OURO	*(que se levantara no impulso da cólera, volta a sentar-se)* — Não quero conversa! Manda entrar!

("Boca de Ouro" apanha uma navalha que está em cima da mesa. Na sua cólera contida desfere, com a navalha, violentos golpes no ar. Aparece Leleco. Para, intimidado. "Boca de Ouro" deixa a navalha em cima da mesa.)

BOCA DE OURO	*(com falsíssimo jeito patriarcal)* — Meu filho, entre! Pode entrar!
LELECO	*(na sua desesperada timidez)* — Com licença.
BOCA DE OURO	— Puxa a cadeira!

(Leleco senta-se.)

LELECO	— O senhor, naturalmente, não me conhece...
BOCA DE OURO	*(brincando com a navalha)* — Conheço! Leleco, marido da Celeste! *(subitamente doce)* Não é marido de Celeste, meu filho?
LELECO	— Sou.

("Boca de Ouro", numa euforia selvagem e sem motivo, dá um murro na mesa.)

BOCA DE OURO — Aqui em Madureira não há quem eu não conheça! Conheço cada pedrinha da calçada. Qualquer garoto de camisinha de pagão, eu conheço! *(com o seu riso ofegante)* E Celeste eu vi gurizinha! Gurizinha, rapaz!

("Boca de Ouro" enche, de vez em quando, o copo de cerveja e bebe com uma sede sem fim.)

LELECO — Eu vim aqui porque...

BOCA DE OURO *(corta)* — Meu filho, você joga?

LELECO *(aturdido)* — Eu?

BOCA DE OURO *(com ferocidade)* — Joga no bicho? Em cavalos? Sinuca você joga, não joga?

LELECO — Por quê?

BOCA DE OURO — Mas joga?

LELECO *(quase histérico)* — De vez em quando!

BOCA DE OURO *(triunfante)* — Sempre! Não sai da sinuca! *(com alegre ferocidade)* Sinuca a dinheiro! Tem mulher, casa — mulher bonitinha — e gasta o dinheiro no jogo! Ou minto?

LELECO *(gritando)* — Jogo!

BOCA DE OURO *(baixo e lento)* — Mas tua mulher é bonitinha?

LELECO — Por quê?

("Boca de Ouro" recosta-se na cadeira. Continua brincando com a navalha. De vez em quando bebe cerveja.)

BOCA DE OURO — Continua, meu filho.

LELECO — É que minha sogra morreu. De formas que...

("Boca de Ouro" interrompe, brutalmente.)

BOCA DE OURO — Você veio me tomar dinheiro!

LELECO — Mas eu pago! É só emprestado!

BOCA DE OURO *(como se cuspisse)* — Facadinha! Mordedor! Bem. Tua sogra morreu e que mais?

LELECO — Fui despedido sem indenização...

BOCA DE OURO *(brutal)* — Quanto você quer de mim? Quanto?

LELECO — Depende...

BOCA DE OURO — Ora, vá! Está com medo? Seja homem! Faz um cálculo!

LELECO — Mais ou menos, deve andar aí por uns...

BOCA DE OURO	— Escuta aqui: eu, quando converso com um cara, gosto que me chame de "Boca de Ouro"... *(ameaçador)* E você ainda não me chamou de "Boca de Ouro" uma única vez... Está querendo me desfeitear, menino?
LELECO	— Deus me livre!
BOCA DE OURO	— Olha! Espia!

("Boca de Ouro", cara a cara com Leleco, escancara a boca e mostra os dentes de ouro.)

LELECO	— Tudo de ouro!... *(muda de tom)* "Boca de Ouro", eu acho que uns dez mil cruzeiros... Muito?
BOCA DE OURO	— Só?
LELECO	— Mais ou menos.
BOCA DE OURO	*(brincando com a navalha)* — Pouco.
LELECO	— Acha?
BOCA DE OURO	*(com deboche)* — Diz uma coisa: a troco de quê, eu vou te dar esse dinheiro de mão beijada? Te conheço?
LELECO	— Mas eu pretendo pagar!
BOCA DE OURO	*(violento)* — Basta de conversa fiada! *(bebe mais)* *(lambe os beiços)* Meu filho, eu estou disposto a dar — digamos — até cem mil cruzeiros.

LELECO	*(estupefato)* — Quanto?
BOCA DE OURO	— Cem mil cruzeiros! Cem mil!
LELECO	*(num sopro de voz)* — Muito!
BOCA DE OURO	— Escuta, escuta! Você não vai gastar tudo com o enterro. Com o enterro, gasta vinte, 25 contos. E fica com o resto. Dá presentes à tua mulher, vestidos, joias, sei lá! Ela gosta de joias?
LELECO	*(sôfrego)* — Minha mulher queria uma televisão!

("Boca de Ouro" parece paternalíssimo.)

BOCA DE OURO	— Não te disse? Batata, meu filho, batata! Compra a televisão pra tua mulher. O enterro de tua sogra não precisa ser também nenhuma coisa do outro mundo.

("Boca de Ouro" afasta-se para apanhar dinheiro.)

LELECO	— O senhor não imagina como...

("Boca de Ouro" volta com um pacote, solidamente amarrado com barbante.)

BOCA DE OURO	— Está aqui os cem mil cruzeiros.

LELECO (*quase chorando*) — Deus lhe abençoe, "Boca de Ouro"!

BOCA DE OURO — Calma. Agora escuta o resto.

("Boca de Ouro" põe o pacote em cima de um móvel.)

BOCA DE OURO — O dinheiro fica aqui em cima. Eu disse que dava os cem pacotes e dou, claro! *(com a sua falsa doçura)* Mas dou, porém com uma condição!

LELECO — Mas eu lhe pago!

BOCA DE OURO *(bebendo mais meio copo de cerveja)* — Rapaz, não se trata de pagar. *(lambe os beiços)*

LELECO *(em suspenso)* — Qual é a condição?

BOCA DE OURO *(berrando)* — Que tua mulher venha, aqui, buscar o dinheiro!

LELECO *(atônito)* — Minha mulher?

BOCA DE OURO — Não és casado?

LELECO — Sou.

BOCA DE OURO *(sempre berrando)* — Não tens uma mulher? Então, manda a tua mulher aqui! Em pessoa! Quero tua mulher aqui!

LELECO — Mas é que eu estou com um pouquinho de pressa...

BOCA DE OURO — Por causa do enterro de tua sogra? Rapaz! São cem pacotes! Eu darei os cem pacotes à tua mulher, em mão! Ou você acha que eu estou bêbedo? Fala, rapaz! Estou bêbedo?

LELECO *(apavorado)* — Bem. Então, vou apanhar minha mulher.

BOCA DE OURO *(feroz)* — Estou bêbedo?

LELECO — Não, senhor! *(Leleco está recuando, de frente para o "Boca de Ouro")* Volto já!

BOCA DE OURO — Vem cá!

LELECO — Pronto.

BOCA DE OURO *(acentuando as sílabas)* — Quero tua mulher, SOZINHA!

(Pausa.)

LELECO *(quase sem voz)* — Por que sozinha? Eu venho também. Ela vem comigo!

("Boca de Ouro" apanha o pacote. Brande o pacote.)

BOCA DE OURO *(furioso)* — Rapaz! São cem pacotes! *(ofegante)* Quero bater um papo com tua mulher, sem a tua presença! Sozinha!

("Boca de Ouro" põe o pacote no mesmo lugar. Aproxima-se de Leleco.)

BOCA DE OURO — Ou você se esquece que é jogador? Um viciado? *(bate no próprio peito)* Eu sou bicheiro, banqueiro de bicho e conheço o jogador! O jogador vende a própria mãe, vende a própria mulher, pra jogar!

LELECO — O senhor está nervoso!

("Boca de Ouro" vai beber, sôfrego, outro copo de cerveja.)

BOCA DE OURO — Telefona dali! O telefone é ali. Telefona pra tua mulher. *(num berro)* Que venha sozinha!

(Leleco vai ao telefone. Começa a discar.)

BOCA DE OURO *(na sua fixação de bêbedo ou semi-bêbedo)* — Sozinha...

(Do outro lado da linha, atendem.)

LELECO *(sôfrego)* — Meu bem, sou eu. Hem? Fala alto. Olha: estou aqui, com o "Boca de Ouro". Ah, não! Mas escuta, oh, meu Deus, escuta! Suspende essa subscrição de vizinhos! Está escutando? Meu bem, você não me deixa falar! "Boca de Ouro" paga todas as despesas! Pois é! E pede que você dê um pulinho, aqui, na casa dele. Quer falar contigo. Mas vem sozinha. Depois te explico. Chispa, meu bem!

(Leleco deixa o telefone.)

LELECO — Pronto. E eu?

BOCA DE OURO — Pode ir...

LELECO — Eu podia ficar no corredor, sentado, esperando.

BOCA DE OURO — No corredor? Fica. Senta lá.

(Leleco sai.)

BOCA DE OURO *(na sua fixação de bêbedo ou semibêbedo)* — Sozinha...

(Trevas e luz sobre nova cena na casa do "Boca de Ouro".)

CELESTE — Dá licença?

("Boca de Ouro", que estava sentado, acariciando a lâmina da navalha, deixa esta em cima da mesa. Levanta-se e caminha, trôpego, ao encontro da menina.)

BOCA DE OURO — Ah, como está?

CELESTE *(na sua atrapalhação)* — Bem, e o senhor? *(precipitadamente)* Bom, é modo de dizer...

BOCA DE OURO *(conservando na sua a mão de Celeste) (com uma gravidade exagerada de bêbedo ou semibêbedo)* — Natural! Natural! Infelizmente, todos nós temos que ir um dia... O seu marido está lá fora?

CELESTE — No corredor.

BOCA DE OURO — Bom menino! *(muda de tom)* Aceita alguma coisa? Toma um...

CELESTE *(sôfrega)* — Nada.

BOCA DE OURO — Guaraná?

CELESTE *(vacilante e apenas para livrar-se de tanta insistência)* — Água gelada.

BOCA DE OURO — Ou Grapete?

CELESTE *(já nervosa)* — Qualquer coisa!

BOCA DE OURO *(com uma amabilidade alvar)* — Fazendo cerimônia comigo?

CELESTE — Absolutamente.

BOCA DE OURO *(afetado e paternal)* — Olha pra mim!

CELESTE — Não estou fazendo cerimônia!

BOCA DE OURO — *(melífluo, na sua obstinação alcoólica)* — Está, sim! *(vai apanhar em cima do móvel uma garrafa de Grapete)* Apanhei na geladeira agora mesmo... De propósito, pra você. Viu teu cartaz? Toma.

(Celeste apanha o copo cheio.)

CELESTE — Agradecida.

(Celeste bebe um pouco.)

BOCA DE OURO — Gostou?
CELESTE — Obrigadinha.

(Celeste põe o copo em cima de um móvel.)

BOCA DE OURO — Podemos conversar?

(Celeste ergue-se.)

CELESTE — *(num lamento infantil)* — Deixei o táxi esperando!
BOCA DE OURO — *(muda de tom, ameaçador)* — Sente-se!

(Celeste obedece.)

BOCA DE OURO (*novamente melífluo*) — Vai ganhar uma televisão!

CELESTE — Eu?

BOCA DE OURO (*caricioso e sórdido*) — Você, sim.

CELESTE (*crispada de nojo*) — Só ouço rádio!

BOCA DE OURO — Olha aqui.

(*"Boca de Ouro" vai apanhar o pacote. Parece dirigir-se a uma criança.*)

BOCA DE OURO — O que é isso?

CELESTE — Não sei.

BOCA DE OURO — Vê se adivinha.

CELESTE — Dinheiro?

BOCA DE OURO — Toma.

(*"Boca de Ouro" está oferecendo o pacote a Celeste. Esta, porém, ainda não se resolveu a apanhá-lo.*)

CELESTE (*num sopro de voz*) — Meu?

BOCA DE OURO (*também baixo*) — Teu. Uma parte, para o enterro. A outra você gasta. Compra a televisão. Segura.

(Celeste, fascinada, decide-se a apanhar o pacote. "Boca de Ouro", porém, recolhe o pacote e o põe em cima do móvel.)

BOCA DE OURO	*(com um riso surdo)* — Já, não. Ainda não conversamos! Vamos bater o nosso papinho.
CELESTE	*(apavorada com as intenções do bicheiro)* — Tenho pressa!
BOCA DE OURO	*(querendo aliciá-la)* — São cem pacotes!
CELESTE	— O táxi está esperando!

("Boca de Ouro" quer enlaçá-la. Ela foge com o corpo.)

BOCA DE OURO	*(debruçado sobre a menina)* — Sabe que eu acho você bonitinha?
CELESTE	*(quase sem voz)* — Preciso ir.
BOCA DE OURO	— Tem medo de mim?
CELESTE	— Não.
BOCA DE OURO	— Ou tem?
CELESTE	— Tenho.
BOCA DE OURO	*(abrindo os braços)* — Por quê, se eu não te faço mal?... Só quero que você seja boazinha comigo... Promete?...

("Boca de Ouro" desencadeia o seu ataque brutal. Celeste está presa nos seus braços.)

CELESTE	— Eu grito!
BOCA DE OURO	— Vem!
CELESTE	*(fugindo com a boca)* — Meu marido dá--lhe um tiro!

("Boca de Ouro" soltando a menina.)

BOCA DE OURO	— Teu marido?
CELESTE	— Quer ver como eu chamo meu marido?
BOCA DE OURO	*(com um riso pesado)* — Tu achas que teu marido me dá um tiro? Um tiro em mim, sua! Vamos lá! *(vai levando Celeste aos empurrões)* Tu pensa que teu marido é homem?
CELESTE	— Está me machucando!
BOCA DE OURO	*(para o corredor)* — Leleco! Leleco!

(Leleco aparece, atônito.)

LELECO	— Pronto.
CELESTE	— Ah, Leleco!

(Marido e mulher lançam-se um nos braços do outro. A angústia de Celeste dissolve-se em lágrimas livres e fartas.)

LELECO	— Que foi?

CELESTE	*(soluçando)* — Vamos embora!
LELECO	— Apanhaste o dinheiro?

(Leleco olha, ora para a mulher, ora para o "Boca de Ouro".)

CELESTE	*(chorando)* — E mamãe, Leleco?...
LELECO	— Mas não apanhaste o dinheiro?
BOCA DE OURO	— Conta pra teu marido, conta! E se tu não conta, eu conto.
CELESTE	*(puxando o marido)* — Vem! Não fico mais aqui!
BOCA DE OURO	— Rapaz, vem cá. Larga tua mulher. *(triunfal)* Eu quis beijar tua mulher no peito!

(Leleco recebe o impacto. Vira-se para a mulher.)

LELECO	— Celeste, é verdade?
CELESTE	*(numa explosão)* — Quis abusar de mim!
BOCA DE OURO	*(exultante)* — Pois é. Então, sua mulher disse sabe o quê? Que você ia dar um tiro!
LELECO	*(para o "Boca de Ouro")* — Mas o senhor não tinha esse direito... O senhor não sabe tratar uma senhora!

BOCA DE OURO   *(exultante)* — Quero o tiro! Você vai me dar o tiro...

("Boca de Ouro" encaminha-se para o móvel.)

CELESTE   *(puxando o marido)* — Vamos sair daqui!

("Boca de Ouro" já apanhou o revólver na gaveta.)

BOCA DE OURO   *(com o riso torcido)* — Ninguém sai daqui... E não pense que eu estou bêbedo... Segura!

("Boca de Ouro" segura o cano e oferece a coronha. Leleco olha a arma, fascinado.)

CELESTE   — Não, Leleco! não!
BOCA DE OURO   — Toma, anda! Ou te esqueces que eu dei um chupão na tua mulher?...

(Leleco obedece, finalmente. Apanha e olha o revólver.)

BOCA DE OURO   — Tu é homem, rapaz?
LELECO   *(apavorado)* — Sou.
BOCA DE OURO   *(para Celeste, com um humor abominável de bêbedo)* — Diz que é homem! *(para Leleco)* Então, atira, pronto, atira!

("Boca de Ouro" abre, triunfalmente, a camisa e mostra o peito.)

BOCA DE OURO — *(furioso, para Celeste)* — Manda teu marido atirar!

CELESTE — *(num sopro)* — Não mando...

BOCA DE OURO — — Ou atira ou morre. *(cara a cara com Leleco)* Não? Dá isso aqui! *(toma-lhe o revólver; para Celeste)* Diz pra mim: isso é homem?

LELECO — *(fora de si)* — Mas o senhor prometeu o dinheiro!

("Boca de Ouro", ao mesmo tempo que empunha o revólver, agarra Leleco com a mão livre.)

BOCA DE OURO — — Aprende. *(para Celeste)* E você também, vem ouvir: ninguém mata o "Boca de Ouro"! *(para Leleco, com uma doçura ignóbil)* Agora vais morrer!

LELECO — *(quase sem voz)* — Eu não fiz nada!

CELESTE — *(querendo agarrar "Boca de Ouro")* — Não atire!

("Boca de Ouro" dá-lhe um safanão. Celeste cai longe e fica, no chão, assistindo, atônita.)

BOCA DE OURO *(ao mesmo tempo que a derruba)* — Sai pra lá! *(agarra-o, novamente)* Talvez eu não atire. Depende! *(violento)* Queres viver? Queres sair daqui vivo?

LELECO *(ávido)* — Quero, sim! Quero!

BOCA DE OURO *(brutal)* — Então, manda tua mulher entrar ali!

LELECO *(virando-se, lentamente)* — Ali onde?

BOCA DE OURO — No quarto, ali no quarto!

CELESTE *(recuando)* — Eu não vou... Não quero...

BOCA DE OURO *(para Leleco)* — Eu podia arrastar tua mulher pelos cabelos! *(muda de tom, baixo e caricioso)* Mas quero que você mande. *(feroz)* Diz pra tua mulher: Vai! Manda!

LELECO *(num crescendo para Celeste)* — Vai... Celeste, vai! *(com violência)* Ou preferes que ele me mate? Queres que ele me mate, Celeste? *(num apelo total)* Celeste, eu estou pedindo: vai, Celeste, vai! *(chora ignobilmente)*

(Pausa.)

CELESTE — Eu vou.

(Celeste caminha, lentamente, para o quarto. Os dois acompanham-na com o olhar. Logo que ela desaparece, "Boca de Ouro" vai apanhar e guardar o dinheiro.)

LELECO — E o dinheiro?

BOCA DE OURO *(brutal)* — Nem um tostão!

LELECO *(fora de si)* — Eu quero o dinheiro...

BOCA DE OURO — Fora daqui!

LELECO *(com o ódio de frustrado)* — Seu miserável! Tenho a tua ficha! *(aponta pra ele, num riso de ódio)* Tu nasceu numa pia de gafieira!

("Boca de Ouro" volta-se transfigurado por uma dor sincera. Agarra Leleco, que se apavora, outra vez.)

LELECO — Pelo amor de Deus!

BOCA DE OURO — Você falou de minha mãe! Quem fala de minha mãe...

("Boca de Ouro" faz Leleco dar meia-volta e, por trás, com a coronha do revólver, derruba-o com tremendo golpe na cabeça. Leleco desaba com um débil gemido. "Boca de Ouro", de costas para a plateia, continua batendo.)

FIM DO PRIMEIRO ATO

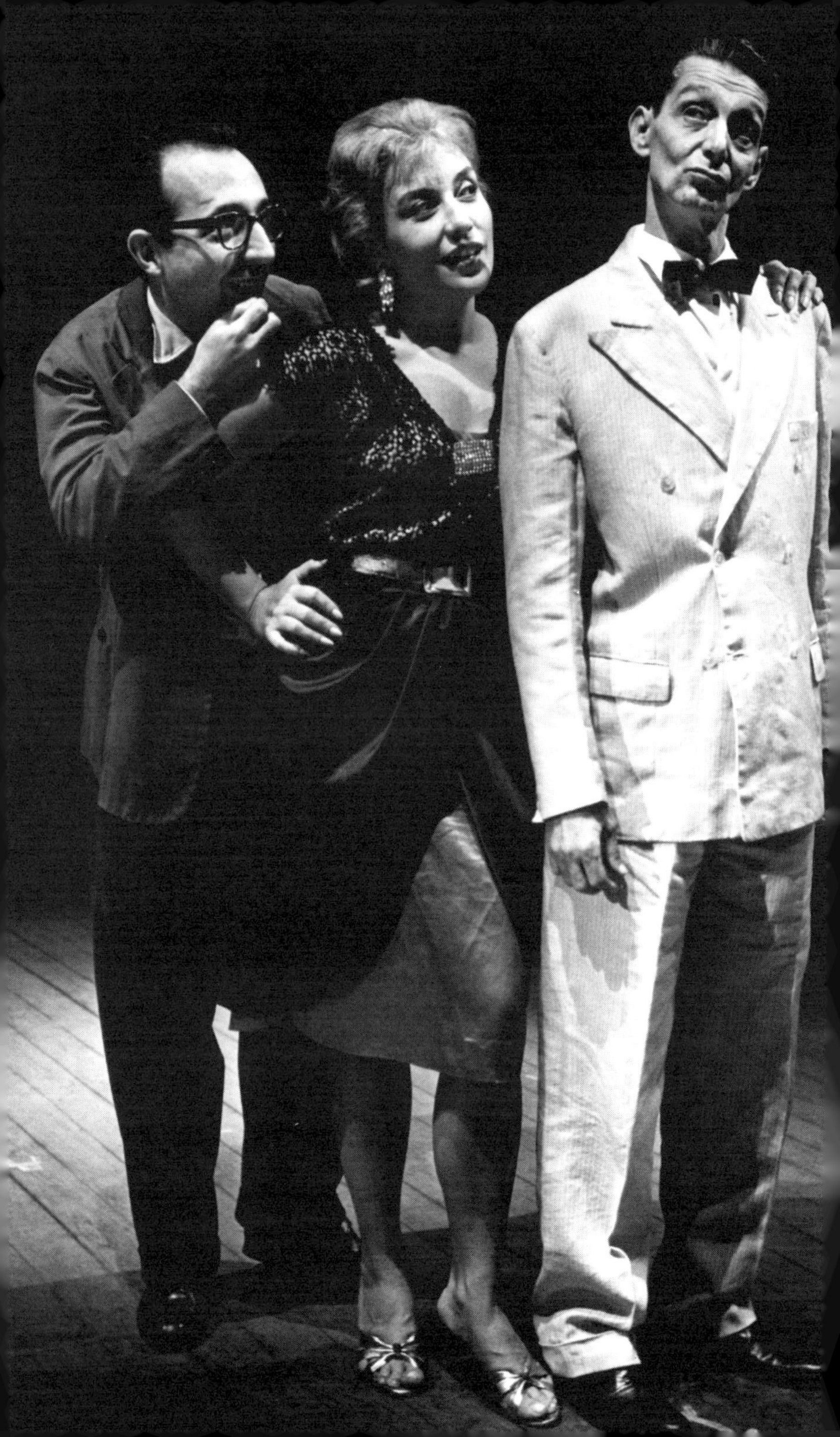

SEGUNDO ATO

(Começa o segundo ato. D. Guigui acaba de contar o "crime bacana" que o jornal O Sol queria publicar, com exclusividade. Está fazendo, sobre o assassinato, um comentário que resume o seu Juízo Final.)

D. GUIGUI — *(enfática)* — Sim, senhor, matou o rapaz!

CAVEIRINHA — Ah, matou?

D. GUIGUI — A mulher estava no quarto, sentadinha na cama, e não ouviu tostão, não percebeu nadinha... O "Boca de Ouro" socou tanto com a coronha que a cara do rapaz entrou...

CAVEIRINHA — No duro?

D. GUIGUI — *(na sua redundância de mulher do povo)* — A cara entrou pra dentro!

CAVEIRINHA — Mas d. Guigui, há uma coisa, eu não estou entendendo direito, que eu queria perguntar à senhora.

D. GUIGUI — O que é que é?

CAVEIRINHA — E esse negócio... O "Boca de Ouro" tomou a mulher do Leleco. Tomou?

D. GUIGUI — Tomou.

CAVEIRINHA — Muito bem. Se tomou, se o rapaz estava entregue às baratas, e se a menina ficou, lá, sentadinha na cama...

D. GUIGUI — Esperando.

CAVEIRINHA — Pois é: esperando. Então, eu quero que a senhora me explique: Pra que matar? Não lhe parece? À toa? À toa?

D. GUIGUI — Aí é que está! Você não sabe! O Leleco teve um azar desgraçado! Peso do rapaz! *(com ênfase)* Pois foi falar, justamente, da mãe de "Boca de Ouro"! Esse negócio de "pia de gafieira", ele não admite, ah, não! Queres saber da maior, e vê se tem cabimento: o "Boca", quando bebe, chama a mãe de "A Virgem de Ouro"! *(dramatizando)* Uma vagabunda, sabe o que é uma vagabunda de apanhar homem na esquina, no meio da rua, rapaz?

CAVEIRINHA — Bem, d. Guigui. Matou o Leleco, tal e coisa, e o que é que ele fez com o cadáver, d. Guigui?

D. GUIGUI — Primeiro, puxou o corpo para o corredor dos fundos, cobriu de jornais e deixou lá. Foi ver a menina. Quando anoiteceu — a pequena já tinha ido embora — ele e os capangas meteram o corpo num táxi e largaram nas matas da Tijuca. Ah, o "Boca" é vivo, malandro!

CAVEIRINHA — Espera lá! *(para o fotógrafo)* Escuta, esse crime não é aquele?

FOTÓGRAFO — Qual?

CAVEIRINHA *(para d. Guigui)* — É, sim! *(para o fotógrafo)* Oh, animal, aquele! Até você tirou fotografia, tirou, sim! *(para d. Guigui)* Descobriram um cadáver nas matas da Tijuca e puseram a culpa nos comunistas.

D. GUIGUI — Isso! Os comunistas levaram a fama!

FOTÓGRAFO *(como quem descobre a pólvora)* — Tinha lá uma mulher também! O corpo de uma mulher! Não tinha?

CAVEIRINHA *(para o fotógrafo)* — Mulher nenhuma! *(para d. Guigui)* Então, o corpo era de Leleco, comido pelos urubus?

| D. GUIGUI | — Pelos urubus! Bom menino, meio bobinho, mas respeitador! |

(Agenor aparece. Fala com uma gravidade profética.)

AGENOR	— Mulher, já acabou de pichar o "Boca de Ouro"?
D. GUIGUI	— Acabei e uma coisa te digo: pelo menos, desabafei!
AGENOR	*(num crescendo)* — Posso falar?
CAVEIRINHA	*(antecipando-se)* — Mas o senhor não tem razão!
AGENOR	— Jovem, dá licença? Permite que eu fale, jovem? *(aponta d. Guigui)* Essa mulher era casada comigo. Casada, batata, na igreja, com véu, grinalda e outros bichos! *(enchendo a voz e quase triunfante)* Um dia, veio o "Boca de Ouro" e me tomou a mulher. *(para d. Guigui, trêmulo)* Ou estou mentindo?
D. GUIGUI	*(sem razão, mas insolente)* — Não faz hora!
AGENOR	— Largou o marido e três filhos! Um ano depois, o "Boca de Ouro" deu-lhe um chute e eu recebi essa mulher de volta, por causa das crianças! *(Agenor treme a voz como um advogado de júri)* E qual é o meu pago? Ela dá uma entrevista

a seu jornal! Bem feito pra eu não ser burro! *(espetando o dedo no peito de "Caveirinha")* E quando sair esse troço, eu sou homem morto! O "Boca de Ouro" vai me dar um tiro!

CAVEIRINHA — Dá licença?

D. GUIGUI *(para o marido)* — Você é macho ou não é macho?

AGENOR *(no seu medo heroico)* — Ninguém é macho no Caju!

CAVEIRINHA — Mas escuta, "seu" Agenor: o "Boca de Ouro" não mata mais ninguém! Morreu! O "Boca de Ouro" morreu!

AGENOR — Quem morreu?

CAVEIRINHA — O "Boca de Ouro"!

FOTÓGRAFO — Assassinado!

(D. Guigui agarra Caveirinha pelos dois braços.)

D. GUIGUI *(fora de si)* — Morreu?

CAVEIRINHA — Mandaram pra o necrotério, direitinho!

D. GUIGUI *(num uivo de animal ferido)* — Seu mentiroso!

CAVEIRINHA — Juro!

(Agenor dá pulos, em cena, numa euforia medonha.)

AGENOR	*(aos berros)* — Mataram aquele cachorro!
D. GUIGUI	*(numa alucinação)* — Morreu o meu amor! Morreu o meu amor!

(D. Guigui anda, circularmente, pelo palco, com o "Caveirinha" atrás. Tem essa dor dos subúrbios — dor quase cômica pelo exagero.)

CAVEIRINHA	*(atarantado)* — Mas d. Guigui, não faça isso, d. Guigui!
AGENOR	*(aos berros)* — Vou encher a cara! vou tomar um porre!
D. GUIGUI	— Mataram o meu "boquinha"! O meu "boquinha"!
FOTÓGRAFO	— Continua chorando, d. Guigui! Assim, atenção! Um momento, um momento!

(Fotógrafo estoura o flash na cara de d. Guigui. D. Guigui recomeça.)

FOTÓGRAFO	— Obrigado!
AGENOR	— Pode pôr no seu jornal, por minha conta, que o "Boca de Ouro" era um cachorro! Nunca foi homem!
D. GUIGUI	*(furiosa)* — Quem é que não era homem?
AGENOR	— Só andava com capangas!

D. GUIGUI	*(com o dedo na cara do marido)* — Tu é que não é homem!
AGENOR	— Olha o respeito, mulher! Olha o respeito!
D. GUIGUI	— Banana, sim!

("Caveirinha" e o fotógrafo intervêm. O fotógrafo puxa Agenor; "Caveirinha" incumbe-se de d. Guigui.)

FOTÓGRAFO	— "Seu" Agenor, o senhor está se exaltando!
CAVEIRINHA	*(puxando d. Guigui)* — D. Guigui, não vale a pena, d. Guigui!
D. GUIGUI	*(frenética)* — Não fala do "Boca de Ouro", que eu te bebo o sangue!
CAVEIRINHA	— D. Guigui, a senhora está nervosa!
AGENOR	*(para o fotógrafo)* — Machão por quê? Nunca foi machão! Um sujeito que só andava com capanga!
D. GUIGUI	*(para "Caveirinha", aos soluços)* — Meu filho, vou te pedir, sim? Não me publica nada do que eu disse, te peço! *(baixo)* Te dou um dinheirinho por fora, pra uma cervejinha!
CAVEIRINHA	— Não se trata disso, d. Guigui! A senhora não disse aquilo tudo? Disse? Tomei nota, está aqui! Tudo tomado nota!

AGENOR *(berrando)* — Publica, sim, rapaz! escracha!

D. GUIGUI *(reagindo para Agenor)* — Tu não é homem! *(para "Caveirinha") (novamente doce, persuasiva)* Eu contei aquilo porque, você sabe como é mulher... Mulher com dor de cotovelo é um caso sério! Escuta, mulher não presta, é um bicho ruim, danado, bicho danado!

CAVEIRINHA *(persuasivo)* — Mas eu tenho que publicar, d. Guigui!

D. GUIGUI — Presta atenção, filho! O "Boca de Ouro" tinha me chutado...

AGENOR — Publica, rapaz!

D. GUIGUI *(furiosa)* — Maldita a hora em que voltei pra tua companhia! Eu devia é ter caído, direto, na zona!

AGENOR — Aquele nojento!

D. GUIGUI — Nojento é você. *(para "Caveirinha")* O "Boca" tinha, até, uma pinta lorde! Mas voltando: eu disse aqueles troços, mas te juro, foi a maldita vaidade... *(muda de tom)* Tu quer saber no duro, quer saber batata como foi o negócio?... *(interrompe-se para chorar)* Coitado do "Boca"! *(assoa-se na saia e continua)* Pois é: o Leleco...

(Apaga-se a cena. Cena de "Boca de Ouro" com um negro. Evidente desprezo racial, do branco pelo homem de cor.)

BOCA DE OURO — *(abrindo um riso maligno)* — Preto, tu me conhece?

PRETO — Conheço, sim, senhor!

BOCA DE OURO — Como é meu nome, preto?

PRETO — Vossa Senhoria é o "Boca de Ouro", sim, senhor!

BOCA DE OURO — *(ri)* — E que mais?

PRETO — *(com um riso ingênuo)* — O povo também diz que "Boca de Ouro" paga o caixão dos pobres!

("Boca de Ouro" muda de tom. Fala com uma agressividade que está sempre prestes a explodir.)

BOCA DE OURO — Escuta, negro sem-vergonha! Eu vim aqui porque... *("Boca de Ouro" estaca. Vira as costas para o preto. Fala com surdo sofrimento)* ...eu não sei, eu nunca "sub" quem foi minha mãe... Por isso, diziam que eu não nasci de mulher... *(vira-se violento)* Está ouvindo, preto?

PRETO — Sim, senhor!

BOCA DE OURO	— Até que ontem, o Zezinho. Tu conhece o Zezinho?
PRETO	— O da perna dura?
BOCA DE OURO	— O da perna dura. Zezinho, que é vidente, médium vidente, o Zezinho me disse que tu viste minha mãe! Negro, tu viu minha mãe?
PRETO	— Eu?
BOCA DE OURO	*(feroz)* — Tu!
PRETO	— Vi.
BOCA DE OURO	*(sôfrego)* — Viu. Agora diz: e como era? Bonita?
PRETO	*(adulador)* — Alegre!
BOCA DE OURO	*(rindo como uma criança)* — Magra?
PRETO	— Gorda!
BOCA DE OURO	*(num deslumbramento)* — Gorda! *(sôfrego)* Diz o resto. Conta tudo. Tudinho. Muito gorda?
PRETO	*(como quem faz uma revelação extremamente lisonjeira)* — Teve bexiga!
BOCA DE OURO	— Ah, minha mãe tinha o rosto picado de bexiga?
PRETO	— Picadinho! Suava muito! Era gorda e suava muito, sim, senhor!
BOCA DE OURO	— Tu viu minha mãe rindo, preto?

PRETO	— Gostava de uma boa pândega!
BOCA DE OURO	— E ria, minha mãe ria, não ria?
PRETO	— Ria!
BOCA DE OURO	— E, depois, ficava triste, negro?
PRETO	— Alegre!
BOCA DE OURO	*(com certa angústia)* — Preto, que fim levou minha mãe?
PRETO	— A falecida morreu!
BOCA DE OURO	— Morreu?
PRETO	— Riu até morrer, morreu tão alegre!
BOCA DE OURO	— E os bacanas foram ao enterro?
PRETO	*(contando nos dedos)* — Só de Jacarezinho, fui eu, o Biguá e o "Cabeça de Ovo"!

("Boca de Ouro" tira uma cédula do bolso.)

BOCA DE OURO	— Toma, negro!
PRETO	— Quinhentão!

("Boca de Ouro" já vai saindo, quando o preto o puxa pela aba do paletó.)

PRETO	— "Seu" "Boca de Ouro"!
BOCA DE OURO	— Fala.

PRETO *(na sua doçura nostálgica)* — Quando eu morrer, o distinto paga um caixão legal pra o negro?

BOCA DE OURO *(rindo em sincronismo com o negro)* — Tu é vivo!

PRETO *(sofrido)* — Negro quer ser enterrado nu como um santo...

(Trevas. Luz na cena de Leleco e Celeste. Celeste chega e Leleco ergue-se. Enfia as duas mãos nos bolsos.)

CELESTE *(com certo susto)* — Já chegou, filhote?

LELECO — Onde é que você esteve?

(Celeste põe a bolsa em cima da mesa.)

CELESTE — Por quê?

LELECO — Onde?

CELESTE *(com um falso espanto)* — O que é que há?

LELECO *(sóbrio, mas incisivo)* — Responde!

CELESTE — Dentista.

LELECO — E que mais?

CELESTE — Filhote, por que você chegou mais cedo?

LELECO — Foi ao dentista e depois?

CELESTE — Só.

(Leleco, em pé, interroga, sem olhar para a mulher. Limpa agora a unha com um pau de fósforo.)

LELECO — Senta.

(Celeste obedece.)

CELESTE — Você está esquisito, hoje!
LELECO — Quer dizer que você foi ao dentista e voltou pra casa?
CELESTE — Natural!
LELECO — Não foi a Copacabana?
CELESTE *(com um riso falso)* — Mas, Copacabana?

(Celeste quer se levantar.)

LELECO — Senta!

(Celeste obedece.)

CELESTE — Fazer o quê, em Copacabana? Ora, filhote!
LELECO — Escuta uma coisa: há quanto tempo você não vai a Copacabana?
CELESTE *(finge puxar pela memória)* — Fui contigo lá...

LELECO   *(corta)* — Comigo, não! Quero saber a última vez que você esteve lá, sozinha!

CELESTE   — Ora, Leleco!

LELECO   — Responde!

CELESTE   *(com violência também)* — Você sabe, perfeitamente. Sabe. Nunca fui lá sozinha. Depois de casada, nunca!

LELECO   — Nem hoje?

CELESTE   — Por que hoje?

LELECO   — Foste lá?

CELESTE   *(no espanto simulado)* — Que coisa mais aborrecida!

(Leleco apanha um papelzinho no bolso. Lê o papelzinho.)

LELECO   — Esse número 22.000. Joguei nesse milhar. Esse número te diz alguma coisa?

CELESTE   *(com ênfase)* — Francamente!

LELECO   — Esse número não te diz nada?

CELESTE   — Leleco, você quer falar português claro? Está perdendo seu tempo com essas insinuações...

LELECO   *(com exasperação)* — Isso aqui é o número de um Chevrolet Bellair! Eu fiz questão de espiar o dono: é careca e barrigudo. Tem seus cinquenta anos. Talvez mais.

CELESTE	*(já reagindo)* — E eu com isso?
LELECO	*(furioso)* — Levanta!
CELESTE	— Está com seus azeites!

(Celeste obedece. Leleco agarra a mulher pelos dois braços.)

LELECO	— Olha pra mim!
CELESTE	*(intimidada)* — Estou olhando.
LELECO	*(exaltadíssimo)* — Escuta: tua mãe está doente, muito doente. Pode morrer a qualquer momento.
CELESTE	*(impressionada)* — Isola!
LELECO	— Você quer ver sua mãe morta como não esteve hoje em Copacabana?
CELESTE	*(trincando os dentes)* — Quero!

(Leleco tem um riso surdo e mau.)

LELECO	— Morreu!
CELESTE	*(recuando, num sopro de voz)* — Quem?
LELECO	— Tua mãe!
CELESTE	*(rouca de desespero)* — Minha mãe morreu?
LELECO	*(exultante)* — Morreu, sim, morreu!

(Celeste cai de joelhos num uivo selvagem.)

CELESTE	— Oh, mamãe!

(Leleco, na sua fúria, puxa a mulher pelos dois braços e a suspende. Como a pequena continua soluçando, o rapaz tapa-lhe a boca.)

LELECO — Escuta, sua cínica! Você tem um amante e não vai chorar agora, não, senhora! Chora depois. Primeiro, vamos conversar!

CELESTE *(na sua dor sincera)* — Mas é minha mãe!

LELECO — Tu não querias ver tua mãe morta? Morreu, pronto! Já estava morta e tu em Copacabana!

CELESTE *(soluçando)* — Meu Deus!

LELECO — Cala a boca!

(Celeste diminui o choro. Leleco segura o queixo da mulher e assim imobiliza o seu rosto.)

LELECO — Ouve. Não chora! Você não pode ter amor por esse velho. É dinheiro. *(ri, sórdido)* Mulher não gosta de homem, gosta é de amarelinha no bolso. Mas eu tenho examinado tua bolsa, tenho remexido as tuas gavetas. Até hoje, não vi tostão! *(furioso)* Onde é que você enfia o dinheiro? O dinheiro que o velho te dá?

CELESTE — Não me dá nada!

LELECO *(desesperado)* — Se me traíste sem amor, por que me traíste? Mas se não é dinheiro, não é amor, então que é?

(Pausa.)

LELECO *(berrando)* — Fala!

CELESTE *(com uma serenidade doce e sonhadora)* — Esse senhor prometeu que me levaria à Europa para ver a Grace Kelly!

LELECO *(caricioso e ignóbil)* — E você me trai para ver a Grace Kelly. *(berra)* Está de porre? E por que é que você é tão cínica?

CELESTE *(chorando)* — Posso ver mamãe?

LELECO *(ofegante)* — Bem. Vou te avisar o seguinte: saí do emprego.

CELESTE — A que horas mamãe morreu?

LELECO *(berrando)* — Cala a boca! *(com um meio riso sórdido)* Tua mãe não interessa! *(muda de tom)* Saí do emprego, de todos os empregos! *(em pé, triunfante, com as duas mãos enfiadas nos bolsos)* Não trabalho mais!

CELESTE *(triste e altiva)* — Paciência!

LELECO — Você tem um amante. Amante rico. E vamos tomar dinheiro desse sujeito.

CELESTE (*cortando, sóbria*) — Brigamos.

LELECO — Que piada é essa?

CELESTE (*com violência*) — Você não diz que eu sou fria? Ele também me acha fria e hoje...

LELECO — Brigaram?

CELESTE (*explodindo*) — Eu não devia ter nascido. Tudo pra mim sai ao contrário. Ele tinha prometido que me levava à Europa... E que ia comprar um iate pra mim... Que eu ia conhecer mares bonitos... Hoje, veio com uma conversa, que era melhor acabar... Acabamos...

LELECO (*como se cuspisse a palavra*) — Fria!

CELESTE (*numa espécie de sonho*) — Mas se Deus quiser, ainda hei de ver a Grace Kelly...

LELECO (*com um riso mau*) — Esse te chutou pra córner, mas olha: aqui mesmo, em Madureira, tem um, cheio da gaita. O dinheiro, ali, é lixo.

CELESTE (*numa abstração*) — Oh, mamãe!

LELECO — Vai lá.

CELESTE — Onde?

LELECO — No "Boca de Ouro"!

CELESTE — Pra quê?

LELECO — Oh, sua idiota! Vamos tomar o dinheiro do cara! (*novo riso sórdido*)

CELESTE	Mesmo porque me contaram que, quando tu passas, ele mexe contigo, dá piadas!
CELESTE	*(recuando)* — Não vou!

(Leleco agarra a mulher pelo braço.)

LELECO	— Escuta aqui: tu tem moral pra dizer que não vai, sua cachorra? Vai e bolei uma ideia: você pede dinheiro pra o enterro de tua mãe. É o pretexto...
CELESTE	*(num repelão selvagem)* — Me larga!

(Leleco puxa um revólver.)

LELECO	— Estás vendo isso aqui? O revólver de Timbaúba, que eu comprei... *(trincando as palavras)* Ou vai ou te mato!

(Trevas. Luz sobre a casa do "Boca de Ouro". Já informada da morte do antigo amante, d. Guigui apresenta uma nova versão dos fatos e das pessoas. A figura do "Boca de Ouro" aparece retificada, retocada, transfigurada. Tem a chamada "pinta lorde" que ela empresta ao ser amado, no início do segundo ato. Em cena, "Boca de Ouro". Celeste aparece na porta.)

CELESTE	*(com alegre desenvoltura)* — Posso entrar?

("Boca de Ouro" ergue-se numa linda surpresa.)

BOCA DE OURO — Que milagre!

("Boca de Ouro" caminha, de mão estendida.)

CELESTE — *(abanando-se com uma revista, provavelmente a do Rádio)* — Calor!

BOCA DE OURO — Bárbaro! Mas sente-se!

CELESTE — Olha! Estou com um pouquinho de pressa! Daqui a pouco, oh, tenho que chispar!

BOCA DE OURO — Já?

(Celeste já se sentou.)

CELESTE — Estão me esperando!

BOCA DE OURO — Quem?

CELESTE — Segredo!

BOCA DE OURO — Teu namorado?

CELESTE *(dando um risinho, na sua infantilidade afetada)* — Quem sabe?

BOCA DE OURO — Se eu te fizer uma pergunta, tu me responde?

CELESTE — Depende.

BOCA DE OURO — Você é casada?

CELESTE	*(sentada e balançando as pernas, num jeito de menina)* — Faz diferença?
BOCA DE OURO	— Mas é?
CELESTE	*(com um risinho fino e agudo)* — Adivinha! *(depois de olhar para os lados e fazendo segredo)* Eu vi você matar um homem!
BOCA DE OURO	— Quando?
CELESTE	— Faz tempo. Eu era garotinha. Debaixo da minha janela, você enfiou a faca na barriga do outro. E, depois, fugiu.
BOCA DE OURO	— Gostou?
CELESTE	*(maravilhada com o assassinato)* — Tive medo. O jornal botou um anúncio sobre o crime!

(D. Guigui aparece.)

D. GUIGUI	— "Boca", tem aí uma comissão!
BOCA DE OURO	*(irritado com a interrupção)* — De batalha de confete?
D. GUIGUI	— De granfas!
BOCA DE OURO	*(para Celeste)* — Tenho que atender.
CELESTE	*(erguendo-se)* — E eu?
BOCA DE OURO	*(para Celeste)* — Fica aí sentadinha, esperando. Um instantinho só. *(para d. Guigui)* Manda entrar.

(Celeste está, de novo, sentada.)

CELESTE *(dando um frívolo adeusinho)* — Não demora!

(Entram as grã-finas. Cintilante frivolidade.)

1ª GRÃ-FINA — Alô, "Boca"!

("Boca de Ouro" curva-se, numa exagerada humildade.)

BOCA DE OURO — Madame!

2ª GRÃ-FINA *(para a 3ª, cochichando)* — É esse que mata?

3ª GRÃ-FINA *(na sua ênfase cochichada)* — O tal!

1ª GRÃ-FINA — Está aqui o grande homem! o célebre "Boca de Ouro"!

2ª E 3ª GRÃ-FINAS — Prazer! Muito prazer! Encantada!

BOCA DE OURO — Satisfação!

1ª GRÃ-FINA — Ah, "Boca"! minhas amigas estavam doidas pra te conhecer!

BOCA DE OURO *(com o seu riso pesado)* — Eu não sou ninguém!

1ª GRÃ-FINA *(para as amigas)* — Está fazendo um caixão de ouro!

2ª GRÃ-FINA — De ouro?

1ª GRÃ-FINA — Não sabia?

BOCA DE OURO	*(feliz como um bárbaro)* — Todo de ouro!
1ª GRÃ-FINA	*(derramando-se)* — "Boca"! Sabe que essa história de caixão de ouro parece coisa de um deus asteca, sei lá!

("Boca de Ouro" recebe um impacto.)

BOCA DE OURO	*(sofrido)* — Deus?
1ª GRÃ-FINA	— Asteca!
BOCA DE OURO	*(como se falasse para si mesmo e com certo deslumbramento)* — Deus asteca!
1ª GRÃ-FINA	— Ah, "Boca", antes que eu me esqueça. Olha: nós somos da "Campanha Pró-Filhos dos Cancerosos"!
BOCA DE OURO	— Então, com licença. Vou apanhar o livro de cheque.
1ª GRÃ-FINA	— Já, não. Não há pressa. Apanha depois. Minhas amigas querem conversar com você, fazer perguntas.
BOCA DE OURO	— E o excelentíssimo? Como vai o excelentíssimo?
1ª GRÃ-FINA	*(mais afetada do que nunca)* — Ah, não fala do meu marido! Está na ONU! Meu marido não sai da ONU! Estou sem marido, "Boca"! Essa "ONU"!
BOCA DE OURO	*(olhando em torno)* — Está faltando cadeiras!
2ª GRÃ-FINA	— Não se incomode!

1ª GRÃ-FINA	*(para as outras)* — Olha bem pra o "Boca"!
BOCA DE OURO	— Guigui! traz mais cadeiras!
1ª GRÃ-FINA	*(que parece exibir "Boca de Ouro" como um bicho)* — O "Boca" não é meio neorrealista?
2ª GRÃ-FINA	— É um tipo!
3ª GRÃ-FINA	— O De Sica ia adorar o "Boca"!
1ª GRÃ-FINA	— Você é meio neorrealista! É, sim, "Boca", pode crer, é!

("Boca de Ouro" começa a sofrer com a frívola e alegre crueldade das grã-finas.)

BOCA DE OURO	*(com surda revolta e abrindo o seu riso largo de cafajeste)* — Eu não sou nada! Eu sou o que o jornal diz!
2ª GRÃ-FINA	— E o que é que o jornal diz?

("Boca de Ouro" apanha o jornal em cima do móvel.)

BOCA DE OURO	*(exultante)* — Está aqui. A *Luta Democrática* me chama de — onde é que está? Ah, está aqui. Quer ver? *(lê)* o "Drácula de Madureira". *(para as grã--finas)* Drácula! Tem mais. Escuta essa: o "assassino de mulheres"!

("Boca de Ouro" rebenta numa gargalhada.)

2ª GRÃ-FINA	— O senhor mata mulheres?
BOCA DE OURO	— Eu explico. É o seguinte: eu comecei fichinha. Tive que tomar os pontos, na ignorância. Isso foi naquele tempo. Agora, não. Agora eu não mato ninguém. Com sinceridade!
1ª GRÃ-FINA	— E por que é que o jornal diz "assassino de mulheres"?
BOCA DE OURO	— Enfuneraram uma mulher. Dizem que fui eu. Mentira! Com sinceridade, eu não conhecia a mulher. Nunca vi a mulher. *(incoerente)* Vi umas três ou quatro vezes, no máximo. E não matei. *(ri, sórdido)* Não era meu tipo.
2ª GRÃ-FINA	*(para a 1ª grã-fina)* — Pergunta aquilo!
1ª GRÃ-FINA	*(para a 2ª grã-fina)* — Ah, vou perguntar! *(para o bicheiro)* "Boca", como é aquela história?
BOCA DE OURO	— Não ouvi.
1ª GRÃ-FINA	— A história da pia!
AS OUTRAS	— Ah, conta! conta!
1ª GRÃ-FINA	*(sôfrega)* — Na cidade, só se fala nisso! É o assunto!

(Silêncio. "Boca de Ouro" levanta-se. Recebeu um choque com a pergunta. Por um momento, seu riso é um ricto de choro.)

BOCA DE OURO (*com um riso pesado*) — A história da pia... Querem saber?

1ª GRÃ-FINA — Queremos!

BOCA DE OURO (*para a 1ª grã-fina*) — Madame, se a senhora fosse homem eu dava-lhe um tiro na cara! (*ri ainda, pesadamente*)

1ª GRÃ-FINA (*num sopro de voz*) — Que atitude é essa?

BOCA DE OURO — Mas eu conto, vou contar...

("Boca de Ouro" vira-se para Celeste.)

BOCA DE OURO (*para Celeste*) — Vem cá! chega aqui! (*para as grã-finas*) É uma menina, aqui, de Madureira!

CELESTE — Estou com um pouquinho de pressa!

BOCA DE OURO (*batendo, de leve, nas costas da menina*) — Quietinha! Você vai ouvir também! Senta aí!

1ª GRÃ-FINA — É uma *boutade* muito boa!

("Boca de Ouro" começa a falar, dando murros no próprio peito. Parece desafiar o mundo.)

BOCA DE OURO (*rindo ferozmente*) — Sim, eu nasci numa pia de gafieira! Naquele tempo, não se chamava gafieira e...

1ª GRÃ-FINA (*para as outras*) — Eu adoro o "Boca"!

BOCA DE OURO (*andando, como um louco, pela cena*) — A gafieira chamava-se os "Imperadores da Floresta", com sede no Jacarezinho!

2ª GRÃ-FINA (*para as demais*) — Nome típico!

BOCA DE OURO (*lançando grunhidos*) — Minha mãe era gorda, tão gorda, que não se notava a barriga da gravidez. No nono mês, foi dançar nos "Imperadores da Floresta". Lá pulou, cantou, pintou o caneco. De repente, sentiu um troço, um puxo... Pediu licença ao par, que era um preto... Minha mãe não ligava pra cor...

1ª GRÃ-FINA (*para as outras*) — Nono mês!

BOCA DE OURO (*arquejante*) — Minha mãe pediu licença e foi ao toalete das senhoras. Então eu nasci. Minha mãe me apanha e me enfiou na pia. Depois abriu a bica em cima de mim e voltou para o salão e...

2ª GRÃ-FINA — Essa vou contar ao Mira y Lopez!

3ª GRÃ-FINA (*aflita para vender o seu peixe*) — Minha cozinheira tem os filhos em pé!

(*"Boca de Ouro" tem um riso soluçante. Celeste ergue-se.*)

CELESTE (*chamando-o*) — "Boca"!

BOCA DE OURO (*paternalíssimo*) — Que é, minha vidinha?

(Celeste puxa-o para um canto.)

1ª GRÃ-FINA	*(de boca cheia)* — Que homem!
CELESTE	*(baixo)* — Você está chorando, "Boca"?
BOCA DE OURO	— Menina! Já viu macho chorar? "Boca de Ouro" não chora! Não te mete! Senta, anda, senta lá!
2ª GRÃ-FINA	*(para as outras)* — E os filhos dos cancerosos?
BOCA DE OURO	*(com feroz alegria)* — Agora, eu tenho uma bomba! *(vira-se para Celeste)* Não é pra você, não! É pras outras! *(para as outras)* Um estouro!

("Boca de Ouro" caminha, trôpego, para a secretária. Abre a gaveta e tira de lá um colar de pérolas. Traz o colar, suspenso, entre o indicador e o polegar. Celeste ergue-se fascinada.)

CELESTE	— Me mostra?
BOCA DE OURO	*(para Celeste)* — Volta, filhinha! Senta lá! *(para as outras)* Pérolas verdadeiras!
GRÃ-FINAS	— Ah, deixa eu ver!

("Boca de Ouro" faz o desfile da joia para as grã-finas.)

BOCA DE OURO	— Uma de vocês vai ganhar esse colar!

1ª GRÃ-FINA — Quem?

BOCA DE OURO *(berrando e sacudindo o colar, no alto)* — A que tiver os peitinhos mais bonitos ganha esse colar!

1ª GRÃ-FINA — Mas isso é... um concurso de seios?

BOCA DE OURO *(nas suas gargalhadas de louco)* — Isso mesmo: um concurso! Quero ver quem tem peito de pombo!

3ª GRÃ-FINA *(para uma e outra, no seu espanto de sofisticada)* — Vou ter que me despir?

BOCA DE OURO *(feroz)* — Esse colar custou quinhentos mil cruzeiros! *(passando o colar pelo nariz de uma por uma)* Cheira! *(faz a todas uma interpelação brutal)* Vale, não vale? Quinhentos mil cruzeiros?!

2ª GRÃ-FINA *(lutando contra a própria fascinação)* — Deixa eu ver o colar, "Boca", um momento?

("Boca de Ouro" dá o colar à 2ª grã-fina. Ri da avidez das visitantes.)

2ª GRÃ-FINA — Pérolas verdadeiras!

1ª GRÃ-FINA — Mas que maravilha!

3ª GRÃ-FINA — Estou toda arrepiada!

("Boca de Ouro" recebe, de volta, o colar.)

1ª GRÃ-FINA	*(olhando para Celeste de alto a baixo)* — E essa menina vai ficar olhando?
BOCA DE OURO	*(brutal)* — Vai ficar olhando, sim, senhoras! Vai, e daí? *(novamente melífluo)* Bem. Não querem, paciência. Vou guardar esse troço!
1ª GRÃ-FINA	*(sôfrega)* — Eu quero!
2ª GRÃ-FINA	— Eu também.
3ª GRÃ-FINA	— Queremos.
1ª GRÃ-FINA	*(virando-se para as outras e numa justificação)* — Meu marido, depois que fez psicanálise, acha tudo natural!

("Boca de Ouro" num tom insultante.)

BOCA DE OURO	— Primeira!
1ª GRÃ-FINA	*(para a 2ª grã-fina)* — Você!
2ª GRÃ-FINA	— Eu, não!
3ª GRÃ-FINA	*(para a 1ª grã-fina)* — Você que fez operação plástica! Vai!

(1ª grã-fina caminha, lentamente, para o "Boca". Para diante dele. De costas para a plateia, de uma maneira delicada e quase casta, abre o decote. "Boca de Ouro" olha um

momento. Seu rosto é uma máscara feia e cruel. Dá um berro insultante para a 1ª grã-fina.)

  BOCA DE OURO — Adiante! *(para as seguintes)* Outra!

("Boca de Ouro" não esconde a sua intenção de humilhar as concorrentes. A 2ª grã-fina aproxima-se e, sempre de costas para a plateia, faz o mesmo gesto.)

  BOCA DE OURO *(ultrajante)* — Chega! *(para a restante)* Você!

(3ª grã-fina caminha, atônita.)

  BOCA DE OURO *(possesso)* — Depressa! Depressa!

(3ª grã-fina passa. Celeste ergue-se.)

CELESTE	— Agora, eu!
BOCA DE OURO	*(estupefato)* — Mulher que mostra os peitos não tem vergonha! Você não! Minha vidinha, você não pode!
CELESTE	*(com doce e fanática certeza)* — Os meus são bonitos!
BOCA DE OURO	*(num sopro de voz)* — Cala a boca!
CELESTE	— Pequenos!

("Boca de Ouro", estonteado, olha, ora a pequena, ora as grã-finas. Então, como fizeram as outras, Celeste, de costas para a plateia, abre a blusa.)

BOCA DE OURO	*(passa o colar por cima da cabeça de Celeste)* — É teu! Não tem nem ovo, é teu!
1ª GRÃ-FINA	— Mas isso é marmelada!
BOCA DE OURO	*(voltando à sua normalidade selvagem)* — Cala a boca, já! Vocês não são nem páreo para essa menina, e outra coisa... *(limpa a boca com as costas da mão)* Não chamo mais ninguém de senhora. Ninguém, aqui, é senhora. A única senhora é essa menina, compreendeu?
1ª GRÃ-FINA	— Mas o senhor está se alterando!
BOCA DE OURO	— Eu nasci numa pia de gafieira com muita honra! *(num riso soluçante)* E minha mãe abriu a bica em cima de mim!

("Boca de Ouro" junta os cinco dedos sobre a cabeça, imitando um chuveirinho. Mas logo corta o próprio riso.)

BOCA DE OURO	— Agora desinfeta!

(Celeste é, então, atacada de súbito histerismo.)

CELESTE — *(esganiçando a voz)* — Rua! Rua! Suas galinhas!

1ª GRÃ-FINA — *(na sua indignação sofisticada)* — Não te conheço!

BOCA DE OURO — *(encantado com a intervenção de Celeste)* — Mete-lhe a mão na cara!

CELESTE — *(enxotando-as)* — Vai, que eu te dou com essa bolsa! Ordinária!

1ª GRÃ-FINA — *(apavorada, para as outras)* — Vamos.

(Cada grã-fina que passa por "Boca de Ouro" faz uma rápida mesura e diz o cumprimento.)

1ª GRÃ-FINA — *— Bye!*

2ª GRÃ-FINA — *— So long!*

3ª GRÃ-FINA — — Tchau!

CELESTE — *(para as que passam)* — Vai tomar vergonha nessa cara!

BOCA DE OURO — *(triunfalmente)* — Grandissíssimas!

("Boca de Ouro" volta-se para Celeste.)

BOCA DE OURO — *(ofegante)* — Tens raiva delas?

CELESTE — São metidas a besta e bem feito! Não vou com essa raça e... A única que eu gosto é a Grace Kelly...

BOCA DE OURO — Quem é essa?

CELESTE — Artista. Mas as outras não tolero!

BOCA DE OURO — Sabe a vontade que me deu? Acender um cigarro e queimar o seio de todas elas! *(ri para Celeste)* Mas nenhuma dessas gajas tem um colar como esse!

CELESTE *(passando o colar no rosto)* — Só tive colar das Lojas Americanas. *(sôfrega)* É meu?

BOCA DE OURO — Teu!

(Celeste ergue-se. Olha em torno, para o teto, numa euforia de propriedade.)

CELESTE — E tudo isso *(pausa)* também é meu?

BOCA DE OURO — O quê?

CELESTE — Onde eu puser a mão, posso dizer "é meu"? Nunca tive nada e... *(correndo a mão)* Quero dizer "meu"! *(cara a cara com "Boca de Ouro" e incisiva)* Sou casada, mas...

BOCA DE OURO — Casada?

CELESTE — ...mas vim para ficar!

BOCA DE OURO — Onde?

CELESTE	*(ergue o rosto com petulância)* — Na "minha casa"! Não é "minha" casa?
BOCA DE OURO	*(triunfalmente)* — Tua! *(num riso canalha)* Teu marido vai subir pelas paredes!
CELESTE	*(segurando o braço de "Boca de Ouro")* — "Boca"! *(crispada)* Perdi minha mãe!
BOCA DE OURO	— Quando?
CELESTE	*(espantada consigo mesma)* — Hoje, morreu hoje! *(apertando a cabeça entre as mãos)* Eu ando com a cabeça tão que me esqueci completamente, mas completamente! *(a intérprete deve dizer "cabeça tão", como está no texto)*

("Boca de Ouro" aperta Celeste de encontro ao peito.)

BOCA DE OURO	— Chora, minha vidinha, chora!
CELESTE	*(desprendendo-se) (gritando)* — Não tenho vontade de chorar!
BOCA DE OURO	*(agarrando-a pelos braços)* — Tua mãe está morta, mas tudo é teu!

("Boca de Ouro", com o braço livre, faz um gesto que parece abranger o mundo.)

CELESTE	(*frenética*) — Meu! (*cai de tom; num sopro de voz*) Meu...

(Leleco aparece, quando Celeste já se desprendeu.)

LELECO	(*chamando-a*) — Meu bem!
BOCA DE OURO	(*para Celeste*) — Quem é o cara?
LELECO	— Você vem ou não vem?
CELESTE	(*para o "Boca de Ouro"*) — Meu marido.
BOCA DE OURO	(*chama-o com a mão*) — Vamos entrar, batuta!
LELECO	— Com licença. (*para o "Boca de Ouro"*) Boa tarde! (*para Celeste*) Meu bem, olha a hora. Tarde pra chuchu.
CELESTE	(*erguendo o rosto duro*) — Eu fico.
LELECO	— Mas, meu bem!...
CELESTE	— Não vou.

("Boca de Ouro" apanha um punhal.)

LELECO	— E tua mãe?
CELESTE	— Oh, Leleco! Já disse que eu não vou e pronto!

LELECO   *(no seu desespero contido, para "Boca de Ouro")* — Com licença. *(para Celeste)* Meu anjo, vem cá um instantinho.

(Celeste acompanha o marido até certo ponto da sala.)

LELECO   *(para a esposa, que estaca)* — Ali fora.

CELESTE   — Lá, não. Aqui.

("Boca de Ouro", limpando as unhas, com a ponta do punhal, finge estar distraído.)

LELECO   *(suplicante)* — Celeste, vim te buscar.

CELESTE   *(baixo, mas violenta)* — Não adianta que eu não vou! Não vou e está acabado, ora, que conversa!

LELECO   *(com apaixonada humildade)* — Escuta, coração: eu vim aqui te perdoar.

CELESTE   *(com um esgar de nojo)* — Me perdoar, gracinha?

LELECO   — Eu te perdoo, Celeste!

CELESTE   — Eu não preciso do teu perdão. Que folga! E ora veja!

LELECO   *(quase chorando)* — Mas ouve — aquilo que eu te disse...

CELESTE   — Não aborrece!

LELECO *(quase chorando)* — Escuta! aquilo que eu te disse foi na hora da raiva. Disse e... Meu bem, pensa um pouco: você acha que eu, que sou ciumento — não sou ciumento? Fala a verdade! —, acha que eu ia querer que você vendesse seu corpo, meu bem? Acha que eu ia te prostituir?

CELESTE — Acabou?

LELECO — Celeste, eu gosto de ti de qualquer maneira. Eu não vivo sem você, te juro por essa luz, Celeste!

(Celeste com tom de mulher plebeia e ordinária.)

CELESTE — Vou ao enterro de minha mãe sozinha, está bem?

LELECO *(num apelo)* — Celeste!

CELESTE *(virando-se para o "Boca de Ouro")* — "Boca"! Quer vir aqui um momentinho?

("Boca de Ouro" aproxima-se e sempre brincando com o punhal.)

CELESTE *(para "Boca de Ouro")* — Que foi que eu te disse? Ainda agora, ali? *(para Leleco)*

	Disse que não andava mais de lotação. *(para o "Boca")* Não foi?
BOCA DE OURO	— Foi.
LELECO	*(desesperado)* — Você me chuta?
CELESTE	— Ou será que você não tem um pingo de amor-próprio?
LELECO	— Não me interessa amor-próprio!
BOCA DE OURO	— Mas ó, batuta! Não está vendo que ela não quer? Você já está chato!
LELECO	— Mas é minha mulher!
BOCA DE OURO	— Você é mulher dele?
LELECO	— Celeste, você não é "minha" mulher?
CELESTE	*(feroz)* — Não!
LELECO	*(atônito e quase sem voz)* — Celeste!
BOCA DE OURO	— Você é mulher de quem?
CELESTE	*(colocando-se ao lado de "Boca de Ouro")* — Tua!
BOCA DE OURO	— Olha aqui, batuta: acho bom você se retirar... Retire-se!

(Leleco pula para trás, ao mesmo tempo que puxa o revólver e o aponta para o "Boca".)

LELECO	*(espumando de ódio)* — Você pensou que ia me tomar a mulher no peito, mas vai morrer...

BOCA DE OURO — Pra que esse revólver, batuta?

LELECO — Larga o punhal! *(com um riso de louco)* Agora eu quero ver se você é macho de verdade!

("Boca de Ouro" já largou o punhal. Recua, diante de Leleco.)

BOCA DE OURO *(abrindo o seu riso)* — Batuta, você pensa que vai me matar? Comigo você tomou bonde errado! Você não sabe, ninguém sabe, mas olha: eu estou fazendo um caixão de ouro. Ouro, rapaz! Enquanto o caixão não ficar pronto, ninguém me mata, duvido!

LELECO *(com a boca torcida)* — Pois eu te mato!

BOCA DE OURO *(aos berros e às gargalhadas)* — Não chegou a minha hora!

LELECO *(berrando também)* — Não ri! para de rir!

(Celeste vem, por trás do marido, apanha o punhal. Crava-o nas costas do marido. Este larga o revólver, gira sobre si mesmo e cai, com um gemido.)

LELECO — Celeste...

(Leleco expira ali mesmo. Celeste volta o rosto.)

BOCA DE OURO *(ofegante e com um resto de riso)* — Estou juntando ouro, ouro, pra meu caixão...

FIM DO SEGUNDO ATO

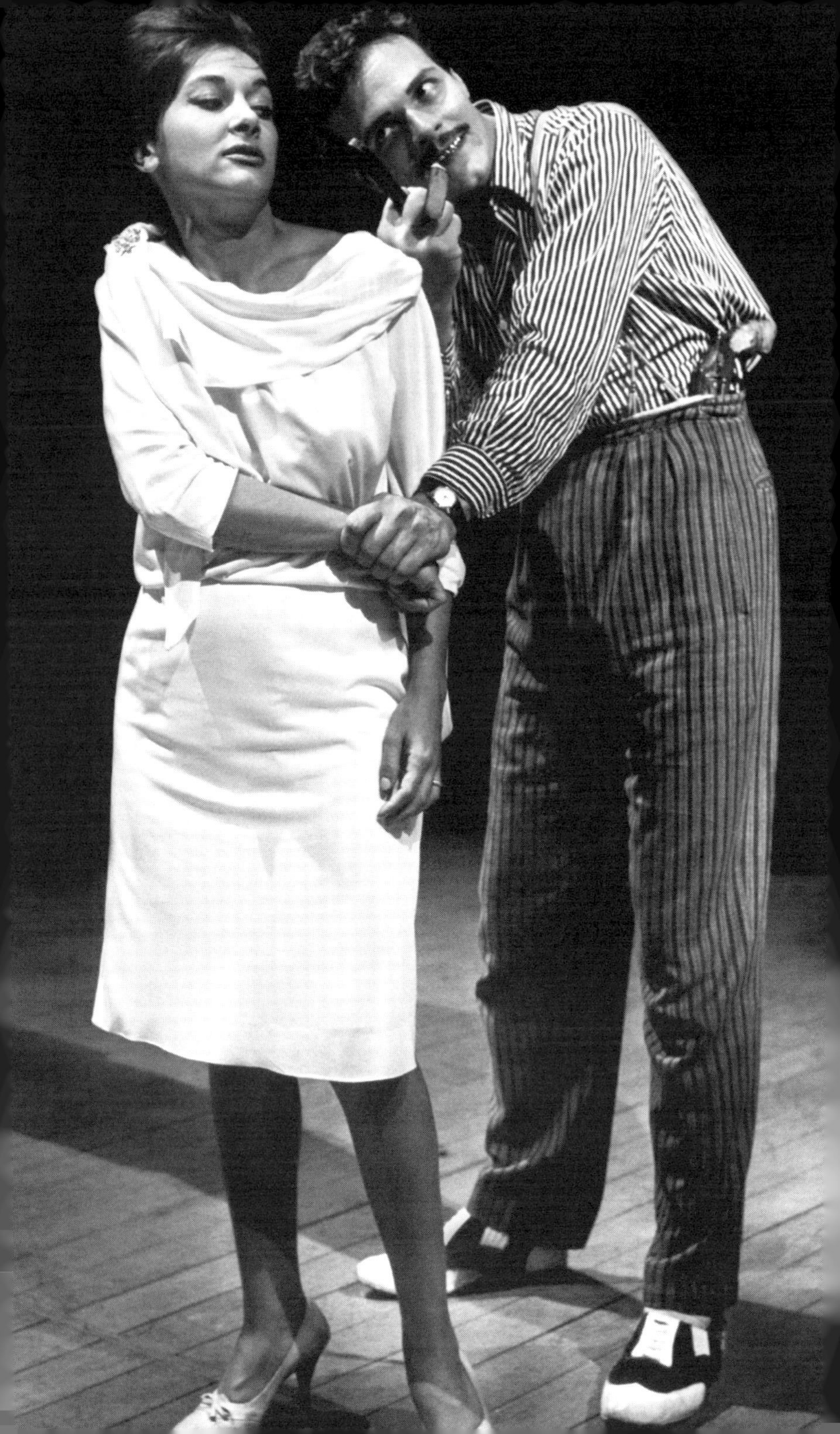

TERCEIRO ATO

(De ato para ato, mais se percebe que "Boca de Ouro" pertence muito mais a uma mitologia suburbana do que à realidade normal da Zona Norte. Cada versão de d. Guigui é uma imagem diferente dos mesmos fatos e das mesmas pessoas. No terceiro ato, sob um novo estímulo emocional, ela se prepara para desfigurar "Boca de Ouro" outra vez.)

(Em cena, d. Guigui, "Caveirinha" e o fotógrafo. Este bate, de quando em quando, os seus flashes.)

CAVEIRINHA	*(sempre tomando notas)* — Quer dizer que o "Boca de Ouro" era macho mesmo?
D. GUIGUI	— Machão! Como o "Boca" nunca vi e duvido, compreendeu? Duvido! *(olha para os lados)* Para usar de franqueza, e que meu marido não me ouça, era

homem ali, como a mulher gosta, cem por cento, batata! Porque isso de dizer que mulher não gosta, pois sim! Gosta e precisa!

CAVEIRINHA — E outra coisa, d. Guigui...

(Agenor acaba de aparecer na porta. Vem em traje completo: paletó, gravata, chapéu, sapatos (em lugar dos chinelos) e guarda-chuva. Agenor dirige-se, gravíssimo, para o "Caveirinha" e estende-lhe a mão.)

AGENOR — Já vou!
D. GUIGUI *(atônita)* — Pra onde?
AGENOR — Jovem, disponha!

(Agenor vira-se para d. Guigui e anuncia, com ênfase cruel, a sua decisão.)

AGENOR — Deixo esta casa!
D. GUIGUI — Que palpite é esse?

("Caveirinha" agarra o "seu" Agenor, que quer afastar-se.)

CAVEIRINHA — Um momento, "seu" Agenor!
AGENOR *(cada vez mais obstinado)* — Passar bem!
D. GUIGUI — Ora veja!

CAVEIRINHA	— "Seu" Agenor, o senhor diz que vai embora, mas volta?
AGENOR	*(levando a mão à altura do gogó)* — Jovem, estou por aqui! até aqui! E não aguento mais!
CAVEIRINHA	— O senhor quer dizer que não volta?
AGENOR	*(feliz da própria intransigência)* — Nunca mais!

(D. Guigui corre e, no seu desespero, barra-lhe a passagem.)

D. GUIGUI	— E as crianças?
AGENOR	*(enchendo a cena com a sua voz)* — Sai da minha frente, mulher!
CAVEIRINHA	*(travando-lhe o braço)* — "Seu" Agenor, calma! Eu me sinto culpado, "seu" Agenor!
D. GUIGUI	*(sem saber se chora ou não)* — Bonito papel!
CAVEIRINHA	*(afastando-a)* — Um momento, d. Guigui! *(para o fotógrafo)* Toma conta de d. Guigui!
AGENOR	— Jovem, você não sabe da metade!

(Fotógrafo afasta d. Guigui para a outra extremidade da cena.)

FOTÓGRAFO	— A senhora está nervosa, d. Guigui!
CAVEIRINHA	— "Seu" Agenor, não há motivo, "seu" Agenor!

("Caveirinha" está segurando "seu" Agenor. Este desprende-se num repelão selvagem.)

AGENOR	— Jovem, você diz que não há motivo?
CAVEIRINHA	— Oh, "seu" Agenor, não faça isso!
AGENOR	*(estrondando o palco)* — Sou desfeiteado e não há motivo? Essa dona chega e diz na minha cara — e você ouviu! *(para o fotógrafo)* você também! —, diz nas minhas bochechas que tem paixão pelo "Boca de Ouro" e não há motivo? Então, eu uso essas calças pra quê?

(Agenor, ao dizer a última fala, puxa com as duas mãos as calças, na altura dos joelhos.)

D. GUIGUI	— Se vai, leva as crianças!
AGENOR	— Mulher, eu te matei a fome!
FOTÓGRAFO	— D. Guigui, calma!
CAVEIRINHA	— Mas escuta, "seu" Agenor!

(Agenor dá um novo repelão.)

AGENOR — E você ainda diz que eu não tenho motivo?

(Agenor exulta com a própria grandiloquência.)

D. GUIGUI — Leva as crianças!

(Agenor cresce, novamente.)

AGENOR — Mulher, tu tem coragem de falar nas crianças? *(para "Caveirinha")* Eu não ia soltar certos podres, mas agora vou, ah vou, se vou! *(para d. Guigui)* Tu pensou nas crianças quando me largou pelo "Boca de Ouro"?

CAVEIRINHA *(apertando a cabeça entre as mãos)* — Mas oh, Senhor!

AGENOR *(na sua crueldade triunfante)* — E quando o "Boca de Ouro" te chutou? Fala agora! Tu pensou nas crianças ou caiu na zona? *(para o "Caveirinha")* Aquela ali caiu na zona! *(para d. Guigui)* Diz pra ele, diz, conta que eu, por se tratar da mãe dos meus filhos, fui te buscar na zona e me arrependo!

D. GUIGUI *(contida pelo fotógrafo)* — Está me xingando!

CAVEIRINHA *(segurando Agenor)* — O que passou, passou!

AGENOR	— Jovem, eu não volto atrás! Me cuspa na cara, se eu voltar atrás! Eu sou é homem!
CAVEIRINHA	— Oh, "seu" Agenor, escuta, "seu" Agenor! Eu me sinto responsável. Fui eu que... Mas vamos fazer o seguinte. Vem cá, d. Guigui. Chega aqui!
AGENOR	— Não sou palhaço de ninguém!
FOTÓGRAFO	— D. Guigui, a senhora prometeu!
CAVEIRINHA	— Vamos fazer o seguinte, d. Guigui: a senhora pede desculpas...
D. GUIGUI	— Eu?
CAVEIRINHA	— A senhora.
D. GUIGUI	— Eu, não, e por que eu? que teoria!
CAVEIRINHA	— D. Guigui, escuta, eu ainda não acabei. Deixa eu acabar. Um momento, d. Guigui.
D. GUIGUI	— Então, acaba.
CAVEIRINHA	— Primeiro, a senhora pede desculpa e, depois, "seu" Agenor também.
AGENOR	— Jovem, eu fui ofendido na minha moral! De mais a mais, essa dona é tarada pelo "Boca de Ouro"!
CAVEIRINHA	— "Seu" Agenor, francamente. O "Boca de Ouro" é um defunto. A essa hora, está no necrotério. O senhor acredita que a sua senhora, a sua senhora, afinal

de contas, essa, não, "seu" Agenor! *(o personagem fala, propositadamente, dessa maneira entrecortada e quase sem nexo)* D. Guigui, nem eu posso crer que a senhora, uma mulher inteligente, a senhora é inteligente, d. Guigui. Não posso crer que a senhora... A senhora é mãe, d. Guigui!

(Caveirinha, que, por deficiência de argumentação, não estava dizendo coisa com coisa, descobre, enfim, um motivo forte.)

CAVEIRINHA — Pelas crianças, d. Guigui! Pelas crianças, "seu" Agenor! Vamos fazer as pazes!

(Agenor recua em outro rompante de grandiloquência.)

AGENOR — Jovem, essa mulher disse, na minha cara, que eu não sou homem! Estou chorando! Na minha idade, estou chorando!

CAVEIRINHA — D. Guigui, seu marido está chorando! A senhora retira o que disse, não retira, d. Guigui?

D. GUIGUI *(começa a chorar)* — Retiro!

CAVEIRINHA	— Agora dê um abraço no seu marido. Pelas crianças! O senhor também retira o que disse, não é, "seu" Agenor? Força, "seu" Agenor! Faz uma forcinha!
FOTÓGRAFO	— Briga entre marido e mulher é natural!
CAVEIRINHA	*(exultante)* — Outro que pensa como eu! Está vendo, "seu" Agenor? Briga é natural! Acontece! Agora o abraço! Assim, muito bem.

(D. Guigui lança-se nos braços de Agenor. Os dois choram.)

CAVEIRINHA	*(para o fotógrafo)* — Bate agora!
FOTÓGRAFO	— Atenção, um momento!

(Fotógrafo estoura o flash.)

FOTÓGRAFO	— Obrigado!
CAVEIRINHA	— Viu, "seu" Agenor? As coisas são simples. Nós é que complicamos tudo, d. Guigui. *(para "seu" Agenor)* E quero ser mico se d. Guigui não gosta do senhor pra chuchu! A senhora gosta do seu marido, d. Guigui?
D. GUIGUI	— Esse danado sabe que eu gosto dele!
CAVEIRINHA	— E o senhor dela, naturalmente? *(para d. Guigui)* Podemos continuar?

D. GUIGUI — Por mim, já sabe!

CAVEIRINHA *(para "seu" Agenor)* — Meu jornal vai publicar as memórias de sua mulher! "Furo" espetacular! *(para d. Guigui)* Onde é que nós estávamos, ah! D. Guigui, essa história do "assassino de mulheres" é batata?

D. GUIGUI — Batata. Eu não te contei o caso da grã-fina?

CAVEIRINHA — Que caso?

D. GUIGUI — Contei, sim!

CAVEIRINHA — A mim, não!

D. GUIGUI — Não contei? Me presta atenção — não te contei que primeiro a Celeste e o Leleco e, depois, a grã-fina... Ah, é mesmo! Não contei. Tem razão, não contei. Sabe como é: pessoal da alta, a gente fica meio assim. Mas eu conto, se você me prometer um negócio.

CAVEIRINHA — Diz. Pode dizer.

D. GUIGUI — Você diz que era grã-fina, tal e coisa, mas não me põe o nome, o nome dela, não põe. Promete?

CAVEIRINHA — Prometo!

D. GUIGUI — Menino, você vai ficar besta! Te digo mais: foi aí que eu vi que o "Boca de Ouro" era covarde! Covarde, sim, senhor! É muito bom dizer que o sujeito faz e acontece, mas com mulher, não é vantagem. Por que é que o "Boca" nunca se meteu com o meu velho? Sabia que o Agenor é fogo! Agenor metia-lhe a mão na cara! Mas como eu ia dizendo: primeiro, houve o tal negócio entre a Celeste e o Leleco...

(Trevas na casa de d. Guigui. Luz na casa de Celeste e Leleco. O casal está em plena crise. Leleco puxa o revólver.)

LELECO — Estás vendo isso aqui?

(Celeste recua.)

CELESTE *(num sopro de voz)* — Não, Leleco! não!
LELECO — Conta tudo!
CELESTE *(numa explosão histérica)* — Eu não fiz nada!

(Leleco apanha o revólver pelo cano e ameaça com a coronha.)

LELECO — Só te partindo a cara com isso aqui!
CELESTE *(num soluço)* — Juro!
LELECO — Ou prefere morrer, porque eu te mato, Celeste!

CELESTE — Oh, meu Deus!

LELECO — Sua cínica, eu vi! Ninguém me contou, eu vi! Vi do lotação! O lotação emparelhou com o teu táxi!

CELESTE — Não era eu!

LELECO *(ao mesmo tempo que muda de mão o revólver e a esbofeteia)* — Sua mentirosa!

CELESTE *(chorando, com a mão no lugar da bofetada)* — Você nunca me bateu!

LELECO — Confessa, anda!

CELESTE *(ofegante)* — Está bem. Vou confessar, mas olha: não o que você pensa!

LELECO — Fala!

CELESTE — Leleco, era eu, sim...

LELECO *(na sua cólera contida)* — Continua!

CELESTE — Eu estava no carro, mas... Não era táxi, quer dizer, era um táxi fazendo lotação...

LELECO — Quem ia contigo?

CELESTE — Era um desconhecido!

LELECO — Sua cínica!

CELESTE — Te juro. Minha mãe morreu outro dia. Te juro pela alma de minha mãe: os outros passageiros tinham saltado pelo caminho e o que ficou era um sujeito

	que eu nunca vi, não sei quem é, não tenho a menor ideia!
LELECO	*(com um meio riso cruel)* — Não sabe?
CELESTE	— Por essa luz que me alumia!
LELECO	— Acredito. Mas então vou te contar outro troço: quando o meu lotação ia emparelhando com teu táxi...
CELESTE	*(interrompendo)* — Era um desconhecido! Eu ia com um desconhecido!
LELECO	*(triunfante)* — Desconhecido e te beijou!
CELESTE	*(atônita)* — Quem me beijou?
LELECO	*(com triunfante crueldade)* — O desconhecido! Não era desconhecido? Pois te beijou! Simples como água! Era desconhecido e te beijou! *(muda de tom, incisivo)* Eu vi e, lá no meu lotação, todo mundo viu!
CELESTE	— Mentira!
LELECO	*(ri, sordidamente)* — E quando teu táxi entrou numa rua, os passageiros começaram a dar piadinhas! Mal sabiam que eu estava lá, eu, a besta do marido!

(Celeste vira-lhe as costas.)

CELESTE	— Você ainda ri! ainda acha graça!

LELECO *(novamente sério, apontando-lhe o revólver)* — Escolhe: ou você diz quem é o cara...

CELESTE — Era um desconhecido!

LELECO — Escuta! Ou diz quem era o cara, que eu não reconheci, só reconheci você, ou diz ou te mato. Escolhe.

(Celeste, que estava de costas para o marido, vira-se lentamente e vê o revólver. Ela crispa-se de medo.)

LELECO — Diz?

CELESTE — Digo.

LELECO — Quem é?

CELESTE *(quase sem voz)* — Você conhece.

(Leleco aproxima o rosto de Celeste. Estão cara a cara.)

LELECO *(rouco de desespero)* — O nome! Quero o nome!

CELESTE — "Boca de Ouro".

LELECO *(estupefato)* — Repete.

CELESTE — "Boca de Ouro".

LELECO *(erguendo-se e andando, de um lado para outro, desarvorado)* — Não pode ser! Mas logo o "Boca de Ouro"! *(para a mulher)* Por isso é que eu acredito em destino! É batata! Ninguém foge ao destino, é bobagem! *(com sarcasmo)* Pois olha, vou te contar outra coisa: quando eu te vi no táxi, com um cara te beijando, me deu uma luz e eu pensei: "Vou tomar nota do número." Tomei. Está aqui: 22.723. Tomei e joguei na centena e no milhar. E se der, quem me vai pagar é teu amante, é o "Boca de Ouro"! Eu sou fatalista, por essas e outras!

(Leleco ri, em crescendo. Súbito, corta o riso e faz a pergunta à queima-roupa.)

LELECO — É teu amante?

CELESTE — Você sabe!

(Leleco agarra, com a mão livre, o braço da esposa e torce-o.)

LELECO — Mas quero a tua confissão. Diz: "É meu amante!"

CELESTE — É meu amante!

(Leleco solta-a e empurra-a.)

LELECO — Agora vou explicar, porque não te matei, ainda.

CELESTE *(chorando)* — Perdão!

LELECO — Não te matei, porque... Joguei cem mil-réis no milhar. Cem mil-réis. E estou esperando o resultado do bicho. Combinei com um cara pra vir aqui dizer se eu ganhei ou não. Está quase na hora. O sujeito está aí daqui a pouco. Agora, presta atenção: se der o número, eu ponho no bolso seiscentos contos, e parto a cara e pronto. Mas se eu perder, ah, se eu perder! vou te enfiar um pijama de madeira!

CELESTE *(agarrando-o pelo braço)* — Eu quero viver!

LELECO *(com um riso mau)* — Vive, enquanto o cara não chega! E, até lá, eu preciso saber uma coisa, que não me sai da cabeça: por que me traíste? És fria. E por que me traíste, se és fria? Fala!

CELESTE — É uma história muito comprida.

LELECO — Conta!

CELESTE *(ofegante)* — Vou contar, mas... É o seguinte: quando eu era menina...

LELECO *(furioso)* — A menina não interessa, interessa a mulher!

CELESTE *(gritando, fora de si)* — Quando eu era menina! *(muda de tom e continua, sôfrega, mas normal)* Eu tinha o quê? Uns dez anos. Ou por aí. No máximo 12.

Me internaram no colégio mais grã-fino da cidade. Só tinha, lá, meninas das melhores famílias.

LELECO — Oh, sua cretina! Eu quero saber por que me traíste!

CELESTE — Ouve o resto! Mania de interromper, de não deixar os outros falarem! *(muda de tom)* O tal colégio dava sete vagas gratuitas pra prefeitura. Minha família cavou uma dessas vagas e eu entrei lá assim.

LELECO — E daí?

CELESTE — Pois é. Como eu não pagava nada e estava ali de graça, eu servia às meninas ricas, está na cara! No recreio, não brincava com as outras. Ia pra cozinha, enxugar prato e outros bichos!

LELECO *(berrando)* — Te perguntei por que me traíste!

CELESTE *(histérica também)* — Você vai ter que ouvir tudo! E se me matar, eu hei de morrer falando! *(ofegante)* Estou entalada até hoje com esse colégio! Lá, havia uma menina mais rica do que as outras, e tão metida a besta, que se ódio matasse! Essa dizia pra mim *(afetada)* — "Minha avó foi namorada de Joaquim Nabuco!"

LELECO — Bom. Para com essa palhaçada!

CELESTE (*sofrida*) — Tem razão. Vou parar. Não digo mais nada, nem interessa e pra quê?

LELECO — Agora sou eu que vou dizer por que me traíste. Dinheiro. Nem sei por que te casaste comigo. Você quer é amarelinha no bolso. E sempre teve ódio de andar de lotação.

CELESTE (*com súbito fervor*) — Hei de ser rica!

LELECO (*com sarcasmo*) — Te esqueces que vais morrer?

CELESTE (*agarrando-o com desesperada energia*) — Não! Você vai ganhar no milhar!

LELECO — Quem sabe?

CELESTE (*apaixonada*) — Eu sei! Tenho certeza!

LELECO (*com um riso de louco*) — Seiscentos mil cruzeiros!

CELESTE (*ávida*) — E se der o milhar, tu me levas à Europa pra ver a Grace Kelly?

LELECO (*na sua dor*) — Você me trai e quer que eu te leve pra ver a Grace Kelly?

CELESTE — Leva?

LELECO — E dá?

CELESTE — São seiscentos contos!

LELECO — Dá.

CELESTE — E sobra!

LELECO *(sofrido)* — Mas se eu perder, escuta: eu gosto de ti, ainda gosto de ti... És fria e má... E eu gosto de ti... Mas se eu perder, eu te mato e me mato...

(Neste momento, batem na porta.)

LELECO — É o cara!

(Leleco embolsa o revólver para atender. Precipita-se para a porta.)

LELECO *(da porta para fora)* — Fala!

(O invisível portador entrega a Leleco um papelzinho. Ele fecha a porta e vem lendo o papelzinho.)

CELESTE — Ganhou?
LELECO *(com um esgar de choro)* — PERDI.

(Leleco puxa o revólver que escondera.)

CELESTE — Não... não...
LELECO — Eu disse que te matava e me matava!
CELESTE — Mas eu pago o milhar!
LELECO *(atônito)* — Você?
CELESTE — Eu, não! O "Boca de Ouro"! Paga a mim!
LELECO — Por quê?

CELESTE	— Dá a mim o dinheiro que eu pedir! A mim, não nega!
LELECO	*(na sua dor)* — Mas se ele gosta tanto de ti, é porque tu só és fria comigo! Só comigo!

(Trevas sobre a cena de Celeste e Leleco. Luz sobre a casa de "Boca de Ouro". Em cena, d. Guigui. "Boca de Ouro" vai entrando.)

BOCA DE OURO	— Telefonaram?
D. GUIGUI	— Voz de mulher.

("Boca de Ouro" vai tirando o paletó, afrouxando o nó da gravata e arregaçando as mangas.)

BOCA DE OURO	— Qual delas?
D. GUIGUI	— A tal, que é tarada por você! A granfa!
BOCA DE OURO	*(ameaçador)* — Guigui, não fala assim, bom!
D. GUIGUI	— Taradíssima!
BOCA DE OURO	— Por que é que você só tem ciúmes dessa e não das outras?
D. GUIGUI	*(com ciúmes evidentes)* — Ciúme, vê lá!
BOCA DE OURO	— Da Celeste, você até gosta!
D. GUIGUI	— Celeste é igual a mim!

BOCA DE OURO	— Sua burra! Vê se põe isso na tua cabeça! A granfa vai entrar pra essa Ordem, como é que se chama? Um lugar que tem, como é mesmo o nome? Sei lá! É uma Ordem!
D. GUIGUI	— Galinha como as outras!
BOCA DE OURO	— Escuta, escuta! Essa Ordem é fogo! Não me lembro do nome! A mulher entra lá, raspa a cabeça! Não é sopa não! *(maravilhado)* Negócio alinhado! E sabe por que a mulher vem tanto aqui, eu te explico. É porque... Presta atenção!

(Celeste acaba de aparecer na porta. "Boca de Ouro" ergue-se.)

BOCA DE OURO	— Entra!

(Celeste entra esbaforida.)

CELESTE	*(para d. Guigui)* — Como vai?
D. GUIGUI	*(respondendo com outra pergunta)* — Vai bem?
BOCA DE OURO	*(para d. Guigui)* — Cai fora!

(D. Guigui sai.)

CELESTE — Vim chispada!
BOCA DE OURO — Algum bode?
CELESTE — Meu marido sabe!
BOCA DE OURO — Batata?
CELESTE *(sôfrega)* — E vem aí!
BOCA DE OURO — Soube como?
CELESTE — Escuta, meu amor: ele viu!
BOCA DE OURO — Mas senta!

(Celeste obedece.)

CELESTE — Me viu no táxi, contigo, e você me beijando! Tua imprudência! Eu te disse "não beija aqui!" *(muda de tom)* Até tomou nota do número e quase me mata, quase!
BOCA DE OURO — Você negou?
CELESTE — Negar como, se ele viu?
BOCA DE OURO — Meu coração, aprende! A mulher deve negar, nem que chova canivete! Ouve só: quando eu era mais mocinho, estava, uma vez, com uma mulher, no quarto!

CELESTE — *(aflita, olhando para os lados)* — Leleco pode chegar!

BOCA DE OURO — Mas escuta: eu estava no quarto com uma mulher e, nisso, chega o marido com a polícia. Em conclusão, arrombam a porta. A mulher, nuazinha, negou até o fim. Sabe que o marido ficou na dúvida, o comissário ficou na dúvida e até eu fiquei na dúvida? Meu anjo, da próxima vez, nega, o golpe é negar!

CELESTE — Sei, sei! Mas olha: o Leleco está armado. Armado!

BOCA DE OURO — Vem cá.

("Boca de Ouro" leva-a pelo braço.)

CELESTE — *(sempre aflita)* — Vi as coisas pretas.

BOCA DE OURO — Entra ali!

(Indica o quarto. Celeste estaca e volta.)

CELESTE — Ah, outra coisa: que negócio é esse de uma granfa que vem aqui, não sai daqui?

BOCA DE OURO — *(querendo levá-la para o quarto)* — Depois nós conversamos.

CELESTE — É verdade?

BOCA DE OURO — Palpite! A mulher vai entrar pra uma Ordem, onde se raspa a cabeça. Entra!

CELESTE — E olha! Você vai me dar um presente, porque eu vim te avisar, hem?

("Boca de Ouro" volta. Apanha o revólver na gaveta da secretária. Examina-o. Põe a arma no bolso traseiro da calça. Leleco aparece.)

LELECO *(com meio riso debochado)* — Pode ser ou está de calça?

("Boca de Ouro" ergue-se com uma falsíssima cordialidade.)

BOCA DE OURO — Olá, batuta!

(Leleco mastiga um pau de fósforo como se fosse chiclete. Aproxima-se com certa ginga.)

LELECO — Como vai teu caixão, "Boca"?

BOCA DE OURO — Não ouvi.

LELECO — Teu caixão de ouro!

BOCA DE OURO *(rindo como um cafajeste)* — Ah, vai bem! Caprichando!

LELECO — Pronto?

BOCA DE OURO — O caixão de ouro? Ainda não. Não há pressa. Pra que pressa? *(ri, alvarmente)*

LELECO — Você pode levar um tiro!

BOCA DE OURO — Tiro?

LELECO — Ou facada!

BOCA DE OURO *(feliz da vida)* — Batuta, eu tenho o corpo fechado!

LELECO *(sério e ameaçador)* — "Boca", diz cá uma coisa: é verdade que as mulheres casadas, que você papa, você toma as alianças e manda derreter?

BOCA DE OURO — Não entendi.

LELECO — Entendeu, sim! Você é vivo! *(muda de tom)* Manda derreter as alianças pra teu caixão de ouro?

BOCA DE OURO *(com falso e alegre escândalo)* — Logo eu?

LELECO *(com ferocidade)* — Você, sim, você!

BOCA DE OURO *(rindo)* — Boa piada! Boazinha!

LELECO — Olha, eu conheço uma dona, conheço até muito bem. Casada. E a dona apareceu sem aliança e foi dizer ao marido que tinha caído no ralo do banheiro. Ou foi pra teu caixão de ouro?

BOCA DE OURO *(dramatizando e com a mão no peito)* — Batuta, eu te digo com sinceridade de alma: eu não tomo mulher de ninguém!

LELECO — Toma!

BOCA DE OURO — Mulher casada, não!

LELECO (*com o riso feroz*) — E como é que eu te vi com uma?

BOCA DE OURO — Quando?

LELECO — Hoje!

BOCA DE OURO — Batuta, hoje eu não saí de casa!

LELECO — Mas eu te vi, num táxi, com uma dona. E bom material! Casada, "Boca", casada!

BOCA DE OURO — Hoje eu não botei o pé na rua!

LELECO (*novamente eufórico*) — Até tomei nota do número do táxi e joguei. Joguei no milhar e na centena.

BOCA DE OURO — E perdeu?

LELECO — Ganhei.

BOCA DE OURO (*estendendo-lhe a mão*) — Então, meus para-choques!

("Boca de Ouro" e Leleco apertam-se as mãos.)

LELECO — E você vai pagar. A centena não interessa. O milhar. Você vai pagar o milhar.

BOCA DE OURO (*espantado*) — Deixa eu ver teu jogo.

(Leleco mostra-lhe o papelzinho.)

LELECO — Está aqui.

BOCA DE OURO (*lê o papelzinho*) — 22.723. Pois é: não deu!

(*Leleco, rápido, puxa o revólver.*)

LELECO — Deu! E agora: deu ou não deu?

(*"Boca de Ouro" olha o revólver e começa a rir.*)

BOCA DE OURO — Tem razão, batuta! É. Deu. Quanto é?
LELECO — Faz as contas. Joguei no milhar cem cruzeiros.
BOCA DE OURO — Então, o negócio é alto pra chuchu. Seiscentos cruzeiros por tostão...
LELECO — Exato.
BOCA DE OURO — Ao todo, seiscentos contos. Assim, meu chapa, eu abro falência, que é que há?
LELECO — Paga!
BOCA DE OURO — Batuta, vamos entrar num acordo. Te dou cinquenta contos.
LELECO — Ou tudo ou te furo de balas!

(*Celeste acaba de aparecer. Saiu do quarto e permanece imóvel.*)

BOCA DE OURO — Olha quem está aí?

LELECO — Não olho e apanha o dinheiro, já!

CELESTE — Leleco!

(Leleco, instintivamente, vira-se, por um momento. Rápido, "Boca de Ouro" puxa o revólver e o derruba com uma coronhada na cabeça.)

BOCA DE OURO *(para Celeste)* — Chega aqui!

(Celeste aproxima-se, lentamente, com um sentimento de medo.)

CELESTE — Morto?

("Boca de Ouro" empurra, com o pé, o corpo de Leleco.)

BOCA DE OURO — Quase.

CELESTE — E nem vai morrer?

BOCA DE OURO — Depende.

CELESTE — Como depende?

BOCA DE OURO — De ti!

CELESTE *(com medo)* — Por que de mim?

BOCA DE OURO *(com uma doçura ignóbil e quase sem voz)* — Quero que tu digas: "Mata!" Aí eu mato! No mesmo instante!

CELESTE	— E você me dá os seiscentos contos do milhar?
BOCA DE OURO	*(num espanto divertido)* — Diz outra vez.
CELESTE	— Quero o dinheiro pra mim! Você paga?
BOCA DE OURO	— Mato teu marido?
CELESTE	— E você dá os seiscentos contos?

("Boca de Ouro" puxa Celeste por um braço.)

BOCA DE OURO	— Vem cá! Tive uma ideia, uma *big* ideia! *(ri pesadamente)* Quero ser assassino contigo! Tu vais ser assassina comigo!
CELESTE	— Não!

("Boca de Ouro" dá-lhe um punhal.)

BOCA DE OURO	— Toma!
CELESTE	*(apanhando o punhal)* — Pra quê?
BOCA DE OURO	— Vem! Assim nunca dirás que eu matei teu marido! Anda, mete o punhal!

("Boca de Ouro" e Celeste, de costas para a plateia, vão matar Leleco. Ele bate com a coronha no rosto do rapaz. Ela, possessa, enterra, muitas vezes, o punhal no corpo do marido. Celeste ergue-se, atônita.)

CELESTE	— E agora? você paga o milhar?
BOCA DE OURO	— Guigui! Guigui!
D. GUIGUI	— Chamou?
BOCA DE OURO	— Ajuda aqui, depressa!
D. GUIGUI	— Está morto?
BOCA DE OURO	*(exultante)* — Nós matamos! *(aponta Celeste)* Eu e ela! Apanha palha de aço, raspa o sangue com palha de aço!

(Trevas no palco. Luz sobre nova cena de "Boca de Ouro" e Celeste.)

CELESTE	— E o corpo?
BOCA DE OURO	*(indicando um móvel que oculta o corpo)* — Fica ali, até escurecer. Depois, já sabe: ponho no carro e mando largar nas matas da Tijuca. Não tem perigo. Agora, vê se eu estou sujo de sangue, mas olha bem. Estou?
CELESTE	— Não. Eu estou?
BOCA DE OURO	— Também não. Agora vai, porque eu estou esperando visita, a qualquer momento.
CELESTE	— Mulher?
BOCA DE OURO	— Por quê?
CELESTE	— Fala!
BOCA DE OURO	— Mais ou menos.

(Celeste volta a sentar-se.)

CELESTE — Fico.

BOCA DE OURO — Mas escuta: não é o que você está pensando. Te juro. Não te contei que, lá na Ordem, raspam a cabeça? É um troço alinhado, raspam a cabeça.

CELESTE — São as piores!

(A grã-fina aparece na porta.)

MARIA LUÍSA — Celeste!

BOCA DE OURO — Se conheciam?

MARIA LUÍSA *(tomando, entre as suas, as mãos de Celeste)* — Você por aqui! *(para "Boca de Ouro")* Eu conheço Celeste há uns dez anos!

CELESTE — Mais.

MARIA LUÍSA — Ou mais. Tem razão: mais. Eu entrei para o colégio em 47. *(para Celeste)* Quarenta e sete.

CELESTE — Quarenta e oito.

MARIA LUÍSA — É, 48. Em 49, eu fiz a operação de apendicite supurada. Exatamente, 48.

BOCA DE OURO — Então, Celeste, você já vai? *(para Maria Luísa)* Celeste estava de saída!

CELESTE — Eu fico.

MARIA LUÍSA	— Que ótimo!
BOCA DE OURO	— Vamos sentar.

(Todos se sentam.)

CELESTE	*(para Maria Luísa)* — Você não mudou nada.
MARIA LUÍSA	— Emagreci.
CELESTE	— Um pouco. Não muito.
MARIA LUÍSA	— Muito! Uns dez quilos! Minha filha, fiz uma dieta, que tem dado o que falar. E você? Casou?
BOCA DE OURO	— Nossa amiga Celeste é viúva!
MARIA LUÍSA	— Que pena! E tão nova, não é, "Boca"? *(para Celeste)* Você que idade pode ter? A minha. Ou sou mais velha?
CELESTE	— Um ano.
MARIA LUÍSA	— Um ano, isso mesmo! Depois da dieta, ando com uns lapsos! *(para o "Boca de Ouro")* "Boca", nós somos amigas de infância!
CELESTE	*(rápida)* — Ou inimigas?
MARIA LUÍSA	*(encantada com a retificação)* — Talvez. Ou inimigas. *(para "Boca de Ouro", em sua volubilidade febril)* "Boca", sabe como é criança: eu implicava muito com Celeste!

CELESTE	*(dura)* — Humilhava!
MARIA LUÍSA	*(com certa dor)* — Eu, Celeste? Eu te humilhava?
CELESTE	— Naquele colégio, comi o pão que o diabo amassou!
MARIA LUÍSA	— Mas eu juro… Eu não tive intenção… *(com uma alegria de nervosa)* Você se lembra, Celeste? Deve se lembrar. Eu é que, depois da dieta, ando com a memória… *(novamente alegre)* Mas o que é que eu estava falando? Ah, sim! Eu vivia dizendo a todo o mundo, lá, no colégio: "Minha avó namorou Joaquim Nabuco!"
CELESTE	— Isso era pra me humilhar!
MARIA LUÍSA	— Não, Celeste! E, aliás, deve ter sido um flerte, apenas um flerte, de minha avó com Joaquim Nabuco…
BOCA DE OURO	— São águas passadas! *(sem transição, para Celeste)* Você já está atrasada, Celeste!
CELESTE	*(agressiva)* — Eu fico!

(Maria Luísa ergue-se.)

MARIA LUÍSA	— Desculpem, mas eu não posso ficar muito tempo sentada. Tenho que me movimentar, não sei! *(muda de tom)*

Naquele tempo, eu era muito irritante. Criada com muito mimo! Mas eu mudei tanto, Celeste! Meu marido — é muito engraçado o meu marido! — meu marido diz que minha vida se divide em duas partes: antes e depois da dieta!

CELESTE — Engraçado!

MARIA LUÍSA — Como?

CELESTE *(sarcástica)* — Você acha tão importante a sua dieta?

MARIA LUÍSA *(aflita)* — Não entendi!

CELESTE *(a estourar de ironia)* — Só é importante o que acontece com você. Os outros que se danem! Lá no colégio, você teve uma dor de barriga. Apareceram logo cinco médicos!

MARIA LUÍSA *(com alegre doçura)* — Oh, que exagero, Celeste!

BOCA DE OURO — Vocês estão brigando?

MARIA LUÍSA — Absolutamente!

CELESTE *(para "Boca")* — Não te mete, "Boca"! Eu tenho com a Maria Luísa uma escrita particular!

MARIA LUÍSA — Celeste, claro que a dieta... Bem. Não é propriamente importante. Mas você vai entender. Escuta só, "Boca". Eu fiz a dieta e, num ponto, o meu marido tem razão: emagreci talvez demais.

Fiquei depauperada. O perfume de certas rosas me dá vertigem, não sei. *(olha os próprios pulsos)* Ainda agora, acho os meus pulsos transparentes, e outra coisa: às vezes, tenho uma febre gelada, até os meus cabelos ficam frios! Coincidiu que, durante a dieta, eu tivesse a primeira visão!

BOCA DE OURO — Madame, a senhora é espírita?

MARIA LUÍSA *(em sobressalto)* — Oh, "Boca", católica!

CELESTE *(plebeia)* — Você sempre fricoteira! E que visão?

MARIA LUÍSA *(quase chorando)* — Do Cristo, visão do Cristo!

CELESTE — Eu não disse? Batata! Você sempre melhor do que as outras! O Cristo aparece pra ti, pra mais ninguém!

MARIA LUÍSA *(sofrida)* — Ainda não acabei. Tive mais outra visão. Então, mudei tanto! *(agarrando as mãos de Celeste)* Se eu te humilhei no colégio, te peço perdão, de joelhos! *(muda de tom e de assunto)* E eu senti que devia viver para Deus e que... *(em tom mais leve)* Muito engraçado, o meu marido! Diz que a minha igreja é dietética!

BOCA DE OURO *(com o seu riso pesado)* — Conta pra ela! Conta aquilo!

MARIA LUÍSA — Aquilo o quê?

BOCA DE OURO	*(para Celeste)* — Essa é boa! boazinha! *(para Maria Luísa)* A senhora não vai pra uma Ordem que o pessoal raspa a cabeça? Diz pra ela, madame!
CELESTE	— Agora sou eu que vou falar!
MARIA LUÍSA	— Fala, Celeste! Eu falei demais. Desculpe, sim?
BOCA DE OURO	*(com o seu riso plebeu)* — Madame, com sinceridade, sabe que eu acho que a senhora tem bossa pra santa?
CELESTE	— Oh, "Boca", deixa de ser bobo!
MARIA LUÍSA	— "Boca", não fala assim nem por brincadeira! Você não conhece os meus defeitos!
BOCA DE OURO	*(para Celeste)* — Eu acho! É minha opinião! Tenho o direito de achar!
CELESTE	— Escuta, Maria Luísa, vamos conversar nós duas! "Boca", agora é assunto de mulher. Maria Luísa, o povo anda dizendo um certo negócio, que eu quero apurar, direitinho.
MARIA LUÍSA	— Você é tão bonita, Celeste!
CELESTE	— Não interessa! *(incisiva)* Quando é que você vai pra a tal Ordem e não dá mais as caras por aqui? Você vai pra Ordem quando?
MARIA LUÍSA	*(mortificada)* — Não vou mais.
CELESTE	*(para "Boca de Ouro")* — Viu, "Boca"? Já não vai mais!

BOCA DE OURO — Por quê, madame? Vai, sim! Madame, sou capaz de jurar, que a senhora dá pra santa! Dá, sim, pode crer, madame, dá!

MARIA LUÍSA — "Boca", eu ia, mas é que... Conversei com a madre superiora... E todos acham, não sei, acham que, enfim, eu estou depauperada... Querem que eu faça um tratamento, primeiro...

CELESTE *(sardônica)* — Já vi tudo! Agora, explica: por que é que você não larga o "Boca"? Não sai daqui?

MARIA LUÍSA — "Boca", ela não sabe?

BOCA DE OURO — Não contei pra ninguém!

MARIA LUÍSA — Conta você. "Boca", conta! Celeste, o "Boca" é uma criatura maravilhosa!

BOCA DE OURO *(com o seu riso plebeu)* — Oh, Celeste, você está comendo gambá errado! Você está mais por fora que... D. Maria Luísa vem aqui porque quer me batizar! Pronto, quer me batizar! E, até, já me levou a uma igreja, bonita pra chuchu!

MARIA LUÍSA *(feliz)* — É esse o mistério! "Boca" ainda é pagão, Celeste! Nessa idade, ainda é pagão!

CELESTE — Sua mentirosa!

MARIA LUÍSA — Mas que é isso?

BOCA DE OURO — Celeste, fica quieta! *(para a grã-fina)* Não liga, d. Maria Luísa! *(para Celeste)* Você já está enchendo!

MARIA LUÍSA	— É uma amizade sem sexo, Celeste! "Boca", você alguma vez já me segurou a mão?
BOCA DE OURO	— Nunca!
CELESTE	— Você anda dando em cima do "Boca"! Vergonhosamente!
MARIA LUÍSA	(*fora de si*) — "Boca" é um santo! E o que dizem é mentira! "Boca" nunca matou ninguém! Matou, "Boca"?
BOCA DE OURO	(*com o seu riso largo*) — Eu, nunca! Só que esse negócio, de batismo, madame, é que eu estou meio na dúvida... (*começa a rir como uma criança grande*) Sou meio macumbeiro, mas... Não matei ninguém. Celeste conhece, sabe: eu matei alguém?

(*Celeste apanha o braço de Maria Luísa.*)

CELESTE	— Vem cá!
BOCA DE OURO	— Celeste!

(*Celeste afasta o móvel que esconde o cadáver de Leleco.*)

CELESTE	(*feroz*) — Olha ali!
MARIA LUÍSA	(*atônita*) — Quem é?
CELESTE	— Meu marido!
MARIA LUÍSA	— Morreu?
CELESTE	(*triunfante*) — Morreu! O "Boca" matou!

(Maria Luísa vira-se, atônita, para o "Boca".)

MARIA LUÍSA — *(para "Boca de Ouro")* — Você matou?
BOCA DE OURO — — Nós dois. Eu e ela. *(para Celeste)* Celeste, é pena. Vou ter que executar alguém. Fecha tudo, Celeste. Tudo! Vou ter que executar alguém.
MARIA LUÍSA — *(atônita)* — Você mentiu!

("Boca de Ouro" puxa e abre a navalha. Segura Maria Luísa pelo braço.)

BOCA DE OURO — — Agora escuta.
MARIA LUÍSA — *(num sopro e passiva)* — Vou morrer?
BOCA DE OURO — — Primeiro, escuta — os jornais chamam isso a fortaleza do bicho pelo seguinte: quando fecho tudo, o sujeito pode gritar, que ninguém ouve lá fora. Grita!
MARIA LUÍSA — *(num sopro)* — Não quero.
BOCA DE OURO — — Tens medo?
MARIA LUÍSA — — Um pouco.
CELESTE — *(furiosa)* — Grita!
BOCA DE OURO — — Você gosta de mim? Gosta? A Guigui, que enxerga longe, diz que você é tarada por mim. A Celeste, que também é viva, diz a mesma coisa. Celeste, é tarada por mim?
CELESTE — — Está na cara!
BOCA DE OURO — — Você é?

MARIA LUÍSA — Deus te perdoe!
BOCA DE OURO *(num berro)* — Responde!
MARIA LUÍSA — Não sei!
BOCA DE OURO *(com certa dor)* — Beija o teu assassino!
MARIA LUÍSA — Eu?
BOCA DE OURO — Na boca!

(Maria Luísa vacila. Apanha entre as mãos o rosto do bicheiro e dá-lhe um beijo na boca.)

CELESTE *(fora de si)* — Cínica! Cínica! *(berra)* Antes de morrer, escuta: *(esganiça a voz)* eu não ando mais de lotação! Nunca mais!

("Boca de Ouro", num movimento inesperado e ágil, apanha o pulso de Celeste.)

BOCA DE OURO — Quem vai morrer é você!

("Boca de Ouro" vira Celeste e subjuga-a.)

CELESTE — Não! não!

("Boca de Ouro" dá o golpe com a navalha.)

MARIA LUÍSA *(atônita)* — Matou.

("Boca de Ouro" está deitando o corpo de Celeste. Maria Luísa vira o rosto.)

BOCA DE OURO — Escuta.

MARIA LUÍSA *(recuando)* — Não me toque!

BOCA DE OURO *(agressivo)* — Mas escuta! *(muda de tom, e arquejante e rindo)* Eu posso parecer burro, mas, às vezes, sou cerebral!... Essa cara ainda ia me arranjar galho...

(Maria Luísa está de costas para "Boca de Ouro".)

BOCA DE OURO *(violento)* — Olha pra mim!

MARIA LUÍSA *(rouca de desespero)* — Não quero!

BOCA DE OURO *(numa alegria de criança grande)* — Como é mesmo aquele negócio que você me disse? Sobre o meu caixão de ouro? Aquilo?... Você disse que eu parecia um, como é?

MARIA LUÍSA — Deus asteca! Um deus asteca!

BOCA DE OURO *(na euforia de um deus cafajeste)* — Pensando bem, eu sou meio deus. Quantas vidas eu já tirei? Quando eu furo um cara, eu sinto um troço meio diferente, sei lá, é um negócio! Ainda agora. Primeiro, eu ia te matar. Depois, vi que o golpe era executar a Celeste. Um perigo, a Celeste! Gostaste da classe? E quando eu morrer, já sabe: o caixão de ouro! *(bate com as mãos abertas nas próprias coxas, triunfalmente)* Todo o mundo tem dor de corno do meu caixão de ouro!

MARIA LUÍSA — *(no seu espanto e na sua dor)* — E os dois? vão ficar aí?

BOCA DE OURO — — Deixa escurecer, que eu ponho num táxi e levo pras matas da Tijuca! *(muda de tom)* Bolei outra ideia! *(começa a rir)* Na Tijuca, ponho um cadáver em cima do outro... *(mais sórdido)* A mulher por baixo, naturalmente... *(novo tom, agarrando Maria Luísa com brusco desejo)* Tu és tarada por mim?

MARIA LUÍSA — *(trincando os dentes, num começo de histeria)* — Assassino!

BOCA DE OURO — *(segurando-a pelos dois braços)* — Você me beijou!

MARIA LUÍSA — *(numa histeria maior)* — Assassino!

BOCA DE OURO — *(ferido e humilhado)* — Você me xinga!? *(numa ferocidade dionisíaca)* Olha aqui: "Boca de Ouro" não se humilha pra mulher nenhuma!

("Boca de Ouro" larga Maria Luísa. Recua, arquejante. Seu rosto é a máscara astuta, cruel e sensual de um Rasputin suburbano. Riso pesado.)

BOCA DE OURO — — Ali é a porta da rua. Sou assassino, e daí? Cai fora! Rua! Rua!

(Pausa. Então, Maria Luísa caminha lentamente para o quarto. Diante da porta, estaca por um momento. Acaba entrando. "Boca de Ouro" acompanha o movimento de Maria Luísa, com um riso surdo e ofegante. Depois que ela desaparece, ele apanha um jornal e olhando, de vez em quando, na direção do quarto, cobre o cadáver de Celeste. Depois, cambaleante, vai ao encontro de Maria Luísa. Trevas sobre a cena. Luz sobre a porta do Instituto Médico Legal. Locutor da Continental faz um flash radiofônico. Deve ser um tipo bem característico, lembrando o Oduvaldo Cozzi, com uma ênfase quase caricatural e uma adjetivação pomposa e vazia.)

LOCUTOR — Rádio *Continental* do Rio de Janeiro, emissora das Organizações Rubens Berardo, falando do pátio do Instituto Médico Legal, em mais um *flash*, em mais uma reportagem viva e — por que não dizer? — contundente sobre o crime que sacode a cidade. Mataram o "Boca de Ouro", o Al Capone, o Drácula de Madureira, o d. Quixote do jogo do bicho, o homem que matava com uma mão e dava esmola com a outra! Uma multidão, uma fila dupla que se alonga, que serpenteia, que ondula, da Presidente Vargas até o pátio do necrotério. São homens, mulheres e até crianças. Até crianças que vêm olhar, pela última vez, essa estrela do crime que foi "Boca de Ouro"! Ouvintes da

Continental, é uma apoteose fúnebre nunca vista! Mas está chegando "Caveirinha", o nosso confrade do vespertino *O Sol*. "Caveirinha", vem cá! Chama o "Caveirinha"! Fala aqui, "Caveirinha", para os ouvintes da *Continental*!

CAVEIRINHA — Ouvintes da *Continental*, boa noite!

LOCUTOR — Como é, "Caveirinha", veio ver também o "Boca de Ouro"?

CAVEIRINHA — Pelo menos, o cadáver do "Boca de Ouro"!

LOCUTOR *(que não pode abandonar a sua pomposa subliteratura)* — "Caveirinha", o que é que você me diz do paradoxo cruel desse crime?

CAVEIRINHA — Por que paradoxo?

LOCUTOR — Pelo seguinte: esse povo veio ver o "Boca de Ouro", o célebre "Boca de Ouro". Entra no necrotério e encontra, em cima da mesa, um cadáver desdentado!

CAVEIRINHA *(com um sincero espanto)* — Desdentado?

LOCUTOR *(na sua fixação de pobre de espírito)* — Sem um mísero dente! Não é um paradoxo? É um paradoxo! Um homem existe, um homem vive por causa de uma dentadura de ouro. Matam esse homem e ainda levam, ainda roubam a dentadura da vítima! *(quase agressivo)*

	Paradoxo, "Caveirinha"! Acho isso um requinte — é um requinte! — pior do que as 29 facadas.
CAVEIRINHA	— Vinte e nove?
LOCUTOR	— Aliás, punhaladas. Vinte e nove punhaladas, "Caveirinha". Mas o povo carioca é formidável, de amargar esse povo! E de uma irreverência deliciosa! Ali, na fila, estão fazendo piadas com o pobre defunto. Um já disse que é o "Boca de Ouro" de araque! E outra coisa, "Caveirinha": o que é que você me diz da criminosa?
CAVEIRINHA	— Foi mulher?
LOCUTOR	— Não sabia?
CAVEIRINHA	— Estou meio no mundo da lua. E, César, eu acho que eu é que devia entrevistar você. Acabo de chegar de Lins de Vasconcelos. Não sei tostão de coisa nenhuma. Mas foi mulher?
LOCUTOR	— Mulher, sim, e olha: com um nome que é uma flor: Maria Luísa!
CAVEIRINHA	*(estupefato)* — Maria o quê? Luísa?
LOCUTOR	— Luísa. Maria Luísa!
CAVEIRINHA	*(aflito)* — Então com licença, César. Estão me esperando no jornal. Com licença.
LOCUTOR	— Não vai espiar o "Boca de Ouro"?
CAVEIRINHA	— Não. Desdentado não é a mesma coisa. Não sei explicar. Bem. Ouvintes da *Continental*, boa noite! Até logo, César!

LOCUTOR — *(desencadeando a sua adjetivação pomposa e vazia)* — Boa noite, "Caveirinha"! Acabaram de ouvir "Caveirinha", um valor, que é mais que uma promessa, é uma afirmação! E, assim, foi para o ar mais uma reportagem volante da *Continental*, emissora das Organizações Rubens Berardo, na cobertura sensacional do crime que abala o povo carioca na sua emotividade sem paralelo... O locutor que vos fala aqui se despede, prometendo voltar dentro de poucos momentos com notícias, com *flashes* que dir-se-ia salpicados de sangue. Alô, alô, estúdio, alô!

FIM DO TERCEIRO E ÚLTIMO ATO

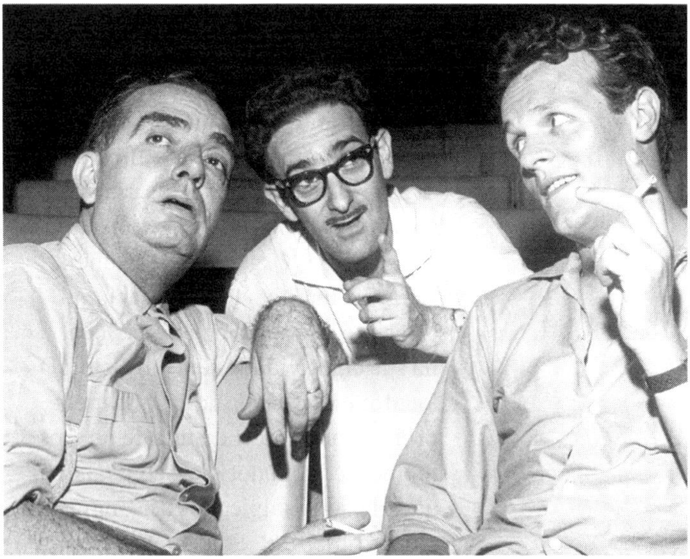

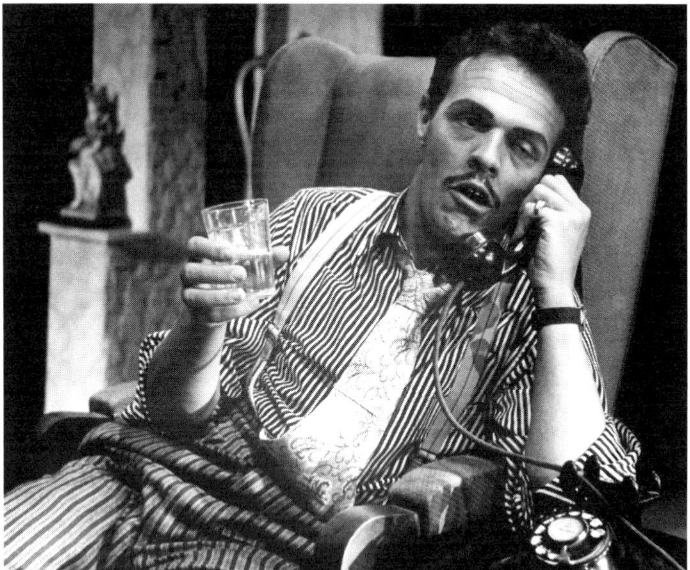

POSFÁCIO

MITO CONTRAVENTOR, CONTRAVENTOR MITIFICADO[*]
Elen de Medeiros[**]

A história – em termos teatrais, a fábula – de *Boca de Ouro* (1961) é relativamente simples: após a morte do bicheiro Boca de Ouro, o jornal *O Sol* deseja obter um furo jornalístico sobre o contraventor, e para isso vai à procura de uma ex-amante dele, d. Guigui, para que ela conte um caso importante. D. Guigui, então, narra a história prosaica de Leleco e Celeste, mas em três diferentes versões, guiadas pelo impacto psicológico que sofre. Ao retornar à redação, Caveirinha, o jornalista, descobre que Boca de Ouro fora morto por uma grã-fina de

---

[*] Este texto é uma adaptação do artigo "Aporia narrativa e humorismo em *Boca de Ouro*, de Nelson Rodrigues", publicado na *Revista Urdimento* (Udesc) em dezembro de 2017.

[**] Professora de Literatura e Teatro na Faculdade de Letras da UFMG. Doutora em Teoria e História Literária pela Unicamp com a tese *A concepção do trágico na obra dramática de Nelson Rodrigues*.

nome Maria Luísa e que, ao matá-lo, ela ainda lhe roubara a dentadura de ouro pela qual era conhecido.

No entanto, na dramaturgia de Nelson Rodrigues, não é a fábula o ponto mais importante – em sua maior parte, é bastante simples, prosaica –, mas sim *como* ela será contada. Vê-se semelhante procedimento em *Vestido de noiva* (1943), a peça de maior sucesso do dramaturgo, em que o fato simplório da reconstrução da memória de Alaíde se desdobra em camadas narrativas que se bifurcam e se mesclam no desenvolvimento da ação dramática. Em *Boca de Ouro* não é diferente, porque o que está em evidência é exatamente esse jogo de imprecisões narrativas nas três versões diferentes dos fatos.

Na tentativa de colocar em cena o drama de Boca de Ouro – personagem central da peça homônima, bicheiro da zona norte carioca – ou de Leleco e Celeste, o casal suburbano, existe uma incapacidade mimética da narrativa de d. Guigui. Por outro lado, para encetar a história, é criada uma visita à casa da ex-amante a fim de forjar um furo de reportagem sobre o recém-assassinado. Embora a premissa seja a construção de um texto não ficcional, jornalístico, as histórias narradas por d. Guigui, sob diferentes impactos psicológicos, variam nas versões sobre o Drácula de Madureira e colocam em suspense a constituição de seu perfil diante dos leitores/espectadores. Dessa forma, constrói-se intuitivamente a figuração de um mito no imaginário popular da peça, singularizada pela não presença física do bicheiro. Assim, existe uma indagação subjacente às três versões que não se resolve: Boca de Ouro é um mito contraventor ou um contraventor mitificado?

Uma autora à procura de Boca de Ouro

Para observarmos esse *como* da construção da história, interessa-nos diretamente notar como a fábula de um cotidiano prosaico é articulada na narrativa de d. Guigui, dando ensejo a uma forma movente, que se constitui segundo dois pontos de partida fundamentais: o primeiro, uma visita. Com a visita de Caveirinha a d. Guigui se dá início ao processo rememorativo da narradora e se desenrolam os fatos. O segundo, o acordo firmado entre os dois, a elaboração de uma matéria jornalística, capa da edição seguinte de *O Sol*, que será um dos maiores furos jornalísticos referentes à morte de Boca de Ouro. Firmado isso, teremos em cena um protagonista, o bicheiro, à procura de um drama, da consolidação de sua história – que, não à toa, seguindo as premissas da ironia rodriguiana, não se consolida como *verdade*. Com isso, muito embora não seja possível decifrar precisamente o drama de Boca de Ouro, o que vemos efetivamente realizado é a constituição da obra dramática em si.

Muito já se falou do caráter mítico da personagem Boca de Ouro – dado incluído na própria peça, na rubrica de abertura do terceiro ato: "De ato para ato, mais se percebe que 'Boca de Ouro' pertence muito mais a uma mitologia suburbana do que à realidade normal da Zona Norte" – e do quanto tal caráter marcará a instabilidade do protagonista a partir das múltiplas facetas apresentadas. No entanto, é pela forma dramática adotada que chegamos à principal impossibilidade da peça, e que produz nela o efeito fugidio. Trata-se de um texto que escapa à lógica argumentativa das interpretações realistas, como foi lido o teatro rodriguiano por muito tempo. Ao contrário, esta é uma dramaturgia que mostra a impossibilidade de representar no palco uma única verdade. O jogo de não presença e a aporia narrativa são utilizados como estopim para a reconstrução da memória, que é, basicamente, a elaboração deste drama impossível. É, sobremaneira, uma dramaturgia que vai na contramão de leituras que almejem verossimilhança.

É comum, e tem certa precisão, afirmar que a única parte em que nos deparamos com a personagem Boca de Ouro é a primeira cena, quando, no dentista, o bicheiro lhe pede que arranque todos seus dentes, sadios, e lhe implante uma dentadura de ouro. Diante da resistência do profissional, o bicheiro insiste e lhe compra o serviço por alto valor, desfazendo a ética do dentista. Além disso, é nesse momento, a que estamos chamando aqui de *prólogo*, que a personagem revela sua obsessão pelo ouro, já que quer ser enterrado em um caixão feito desse metal, e também sua fúria por se consolidar como o Boca de Ouro: "Agora é que, com audácia e imaginação, começa a exterminar os seus adversários", conforme registrado na rubrica que abre a peça.

O desejo de um enterro luxuoso – como o de Zulmira, protagonista de *A falecida* (1953) – não se confirma, fato que é revelado na cena seguinte, quando o secretário de *O Sol* abre a cena gritando: "Mataram o 'Boca de Ouro'!". A morte, revelada desde o início, desnuda o mistério que poderia ser sustentado quanto ao desfecho do protagonista, restando-

-lhe pouco mais do que uma história pitoresca para ilustrar a edição matinal do periódico. "Ao Boca de Ouro e a Zulmira, o destino reserva o grande logro de um miserável enterro à vista de todos, não lhes dando a chance dessa derradeira revanche em que tanto se empenharam".***

Após o prólogo da peça, vemos crescer a imprecisão da figura de Boca até se inserir no que o dramaturgo chama de mitologia suburbana: com ele morto, inicia-se um processo para tentar desvendar sua verdadeira imagem, começando pela própria posição do jornal, que ora o elogia, ora o espinafra. É sob a responsabilidade de Caveirinha, repórter de *O Sol*, que confiamos os caminhos de investigação sobre a vida e o caráter do bicheiro; e é a d. Guigui, ex-amante de Boca, que confiamos a lembrança mais fidedigna dele.

Uma vez que temos uma não presença – que não é precisamente a *ausência*, mas a rememoração de um alguém que não se coloca como *presença* –, as versões projetadas por d. Guigui sobre o ex-amante, Leleco e Celeste se fundamentam na dúvida, na incerteza e geram desconfiança. Manipuladas de acordo com o desejo da narradora, as versões são colocadas à frente do espectador como questionadoras da versão anterior, alterando detalhes, momentos, perfis, anseios.

Com a desestruturação da narrativa linear e da figura do protagonista, projeta-se na forma dramática aquilo que estamos chamando de aporia narrativa, pois não existe a propensão

---

*** XAVIER, Ismail. *O olhar e a cena*. São Paulo: Cosac Naify, 2003, p. 255.

de resolver o embate entre as versões e declarar qual delas é o verdadeiro Boca de Ouro. A peça sustenta a insolubilidade de compreender exatamente quem foi o bicheiro, o Drácula de Madureira: assassino e malfeitor, lorde que paga caixão para os pobres, benevolente, cancro social? Estamos diante de uma personagem que, por meio do jogo de memória, procura se efetivar na voz de sua narradora, mas que se coloca como fantasma de um passado irresoluto. Temos a autora; o que falta é a personagem real, de maneira que não é possível saber se ele era um mito contraventor ou um contraventor mitificado.

Deslizamentos da narrativa

Da mesma forma como há uma aporia na reconfiguração do bicheiro carioca, igualmente reconhecemos a impossibilidade de definir um perfil preciso e realista para d. Guigui. De caráter movediço, ela se ajusta à necessidade imediata, amparada por um instinto de vingança, amor e sobrevivência. Em um constante deslocamento fabular, ela constrói e desconstrói uma mesma imagem, realocando os dados conforme lhe interessa montar a imagem do protagonista.

Os deslizamentos também ocorrem para além da configuração de Boca de Ouro e de d. Guigui, e as suas marcas ocorrem tanto no campo da linguagem verbal quanto no teatral. Nelson Rodrigues sempre foi reverenciado pelo diálogo dramático que construiu, trazendo em boa parte de suas peças um prosaísmo carioca. Em *Boca de Ouro* isso não é diferente, e as palavras de que lança mão são forte aliadas na elaboração desse suburbano cativo: gírias, expressões coloquiais e a estrutura em si captam uma suposta realidade exterior, com a qual o público (da época, década de 60, mas ainda hoje) se reconheça. São deliciosas expressões como *sapeco uma manchete caprichada*, *um big crime*, *um assassinato bacana*, *miséria pouca é bobagem* que colocam o espectador diante de uma representação daquele universo suburbano carioca. No entanto, ao mesmo tempo, como quem deseja desarticular o realismo e jogar com o leitor/espectador, há o distanciamento dessas marcas de realidade e que inserem o diálogo em um campo da imprecisão do real: *rua tal, número tal*.

É na rememoração, porém, que encontramos os principais deslizamentos da narrativa, colocando essa dramaturgia no campo da impossibilidade de representação mimética. São alguns detalhes que se encarregam de provocar o leitor/espectador para a dúvida diante do que lê ou vê. No primeiro ato, d. Guigui inicia a narrativa de Celeste e Leleco com a mãe de Celeste doente, à beira da morte; na segunda tentativa de narrar o fato, ao iniciar o *flashback* do casal, a mãe de Celeste acabara de morrer e ela ainda não sabia – Leleco lhe revela após a desconfiança de traição; por fim, na terceira versão dos fatos, a mãe de Celeste está morta há alguns dias ("Minha mãe morreu outro dia. Te juro pela alma de minha mãe"). Parece ser pequeno, mas tal detalhe causa o deslocamento da narrativa inclusive na relação temporal de início da crise conjugal e a procura pelo auxílio do bicheiro, só aumentando, portanto, a imprecisão das memórias da ex-

-amante de Boca de Ouro e colocando-nos duvidosos diante dessa movente narrativa.

Por meio dos fragmentos de narrativas, histórias que compõem as personagens, somos tentados a remontar cada retalho para definir um todo, na nossa ânsia de verossimilhança. No entanto, parte do jogo e do fascínio dramatúrgico de Nelson Rodrigues se encontra nessa impossibilidade de recompor uma história fidedigna, e é nesse vaivém ficcional que se elabora a modernidade do drama rodriguiano. Uma obra moderna que, a despeito de ser construída a partir de fragmentos e de deslizar os principais elementos da estrutura dramática, ainda assim preza pela urdidura textual. Esta é, enfim, uma obra que se instaura justamente na ineficácia da verossimilhança, da mimese teatral, e o que vemos a cada momento são pistas falsas jogadas ao leitor/espectador, em um movimento de constante questionamento da realidade vista ou vivida. Diante desse teatro, nada nos resta senão duvidar do que vemos e compreender *que a alma não é uma*.****

**** Expressão usada pelo dramaturgo italiano Luigi Pirandello, em seu ensaio *O humorismo*, sobre a impossibilidade de o teatro de sua época representar a realidade imediata.

SOBRE O AUTOR

NELSON RODRIGUES E O TEATRO
*Flávio Aguiar**

Nelson Rodrigues nasceu em Recife, em 1912, e morreu no Rio de Janeiro, em 1980. Foi com a família para a então capital federal com sete anos de idade. Ainda adolescente começou a exercer o jornalismo, profissão de seu pai, vivendo em uma cidade que, metáfora do Brasil, crescia e se urbanizava rapidamente. O país deixava de ser predominantemente agrícola e se industrializava de modo vertiginoso em algumas regiões. Os padrões de comportamento mudavam numa velocidade até então desconhecida. O Brasil tornava-se o país do futebol, do jornalismo de massas, e precisava de um novo teatro para

---

* Professor de literatura brasileira da USP. Ganhou o Prêmio Jabuti em 1984, com sua tese de doutorado *A comédia brasileira no teatro de José de Alencar*, e, em 2000, com o romance *Anita*. Atualmente coordena um programa de teatro para escolas da periferia de São Paulo, junto à Secretaria Municipal de Cultura.

espelhá-lo, para além da comédia de costumes, dos dramalhões e do alegre teatro musicado que herdara do século XIX.

De certo modo, à parte algumas iniciativas isoladas, foi Nelson Rodrigues quem deu início a esse novo teatro. A representação de *Vestido de noiva*, em 1943, numa montagem dirigida por Ziembinski, diretor polonês refugiado da Segunda Guerra Mundial no Brasil, é considerada o marco zero do nosso modernismo teatral.

Depois da estreia dessa peça, acompanhada pelo autor com apreensão até o final do primeiro ato, seguiram-se outras 16, em trinta anos de produção contínua, até a última, *A serpente*, de 1978. Não poucas vezes teve problemas com a censura, pois suas peças eram consideradas ousadas demais para a época, tanto pela abordagem de temas polêmicos como pelo uso de uma linguagem expressionista que exacerbava imagens e situações extremas.

Além do teatro, Nelson Rodrigues destacou-se no jornalismo como cronista e comentarista esportivo; e também como romancista, escrevendo, sob o pseudônimo de Suzana Flag ou com o próprio nome, obras tidas como sensacionalistas, sendo as mais importantes *Meu destino é pecar*, de 1944, e *Asfalto selvagem*, de 1959.

A produção teatral mais importante de Nelson Rodrigues se situa entre *Vestido de noiva*, de 1943 — um ano após sua estreia, em 1942, com *A mulher sem pecado* —, e 1965, ano da estreia de *Toda nudez será castigada*.

Nesse período, o Brasil saiu da ditadura do Estado Novo, fez uma fugaz experiência democrática de 19 anos e entrou em outro regime autoritário, o da ditadura de 1964. Os Estados Unidos lutaram na Guerra da Coreia e depois entraram na Guerra do Vietnã. Houve uma revolução popular malsucedida na Bolívia, em 1952, e uma vitoriosa em Cuba, em 1959. Em 1954, o presidente Getúlio Vargas se suicidou e em 1958 o Brasil ganhou pela primeira vez a Copa do Mundo de futebol. Dois anos depois, Brasília era inaugurada e substituía o eterno Rio de Janeiro de Nelson como capital federal. A bossa nova revolucionou a música brasileira, depois a Tropicália, já a partir de 1966.

Quer dizer: quando Nelson Rodrigues começou sua vida de intelectual e escritor, o Brasil era o país do futuro. Quando chegou ao apogeu de sua criatividade, o futuro chegava de modo vertiginoso, nem sempre do modo desejado. No ano de sua morte, 1980, o futuro era um problema, o que nós, das gerações posteriores, herdamos.

Em sua carreira conheceu de tudo: sucesso imediato, censura, indiferença da crítica, até mesmo vaias, como na estreia de *Perdoa-me por me traíres,* em 1957. A crítica fez aproximações do teatro de Nelson Rodrigues com o teatro norte-americano, sobretudo o de Eugene O'Neill, e com o teatro expressionista alemão, como o de Frank Wedekind. Mas o teatro de Nelson era sempre temperado pelo escracho, o deboche, a ironia, a invectiva e até mesmo o ataque pessoal, tão caracteristicamente nacionais. Nelson misturou tempos em mitos, como em *Senhora dos afogados,* onde se fundem citações de Shakespeare com o mito grego de Narciso e o nacional de Moema, nome de uma das personagens da peça e da índia que, apaixonada por Diogo de Albuquerque, o Caramuru, nada atrás de seu navio até se afogar, imortalizada no poema de Santa Rita Durão, "Caramuru".

Todas as peças de Nelson Rodrigues parecem emergir de um mesmo núcleo, onde se misturam os temas da virgindade, do ciúme, do incesto, do impulso à traição, do nascimento, da morte, da insegurança em tempo de transformação, da fraqueza e da canalhice humanas, tudo situado num clima sempre farsesco, porque a paisagem é a de um tempo desprovido de grandes paixões que não sejam as da posse e da ascensão social e em que a busca de todos é, de certa forma, a venalidade ou o preço de todos os sentimentos.

Nesse quadro, vale ressaltar o papel primordial que Nelson atribui às mulheres e sua força, numa sociedade de tradição patriarcal e patrícia como a nossa. Pode-se dizer que em grande parte a "tragédia nacional" que Nelson Rodrigues desenha está contida no destino de suas mulheres, sempre à beira de uma grande transformação redentora, mas sempre retidas ou contidas em seu salto e condenadas a viver a impossibilidade.

Em seu teatro, Nelson Rodrigues temperou o exercício do realismo cru com o da fantasia desabrida, num resultado sempre provocante. Valorizou, ao mesmo tempo, o coloquial da linguagem e a liberdade da imaginação cênica. Enfrentou seus infernos particulares: tendo apoiado o regime de 1964, viu-se na contingência de depois lutar pela libertação de seu filho, feito prisioneiro político. A tudo enfrentou com a coragem e a resignação dos grandes criadores.

CRÉDITOS DAS IMAGENS

Página 10: Boca de Ouro *(Milton Morais)* em cena com Celeste *(Beatriz Veiga)* e Maria Luísa *(Tereza Rachel)* na temporada de estreia de *Boca de Ouro*. Teatro Nacional de Comédia, Rio de Janeiro, 1961. (Acervo Cedoc / Funarte)

Página 54: Dona Guigui *(Yolanda Cardoso)* entre Caveirinha *(Magalhães Graça, à esquerda)* e Agenor *(Oswaldo Louzada),* durante a turnê de *Boca de Ouro* que em 1962 percorreu o sul do Brasil, Buenos Aires e Montevidéu. (Acervo Cedoc / Funarte)

Página 96: Estreia de *Boca de Ouro* no Teatro Nacional de Comédia, Rio de Janeiro, em 1961. Em cena, Boca de Ouro *(Milton Morais)* e Celeste *(Beatriz Veiga)*. (Acervo Cedoc / Funarte)

Página 142: Durante ensaio de *Boca de Ouro* no Teatro Nacional de Comédia, no Rio de Janeiro, Nelson Rodrigues, o diretor José Renato e Milton Morais fazem os últimos ajustes para a estreia da peça, em 1961. (Acervo Cedoc / Funarte)

Página 142: Ao telefone, Boca de Ouro *(Milton Morais)* adota um "falsíssimo jeito patriarcal". Teatro Nacional de Comédia, Rio de Janeiro, 1961. (Acervo Cedoc / Funarte)

Direção editorial
Daniele Cajueiro

Editora responsável
Janaina Senna

Produção editorial
Adriana Torres
Mariana Bard
Nina Soares

Revisão
Júlia Ribeiro
Rita Godoy

Projeto gráfico de miolo
Sérgio Campante

Diagramação
Futura

Este livro foi impresso em 2020
para Nova Fronteira.